Chronique de la mort au bout

Du même auteur

■ **Romans, micro-roman et nouvelles :**

Seconde Chance – Editions La Matière Noire puis BOD – 2013/2016

DATACENTER – Editions du Pont de l'Europe (version papier) et BOD (version numérique) - 2017

Je, Gosse de Nouzonville – Editions du Pont de l'Europe (version papier) et BOD (version numérique) – 2020

Les derniers cow-boys français. Format poche – BOD - 2022

Les adieux à la peau – BOD - 2022

■ **Biographies :**

Manu Chao, le clandestino – Editions Pimientos - 2009

Noir Désir, Post-Mortem – Editions Camion Blanc - 2019

■ **Collaborations :**

Ablation de mon prépuce mentale. Avec Insolo Veritas. – BOD – 2021

Douleurs Fantômes. Avec Dystophotographie – BOD - 2022

Léonel Houssam

Chronique de la mort au bout

Roman noir

Playlist, ambiances sonores de ce roman

«*Activate*», **Atari Teenage Riot, 2009.**

« *1982* », **Miss Kittin & The Hacker, 2002.**

« Headbanger Boogie »**, RADIUM & LENNY DEE, 2005.**

« *Je suis pas dingue, je suis vigilant* », **Devant ma nuque, Nonstop.**

« *Une villa témoin hantée* », **Toux de chenil, Nonstop.**

« Crazy Clown Time »**, David Lynch**

« *Come & See* »**, Protomartyr.**

Ils écrivirent

« *Je tue un homme comme je bois un verre de vin* », Pierre François Lacenaire, novembre 1835, cour d'Assise de la Seine.

« *Si Dieu existe, l'Humanité n'est qu'un soupir* », Encore merci, Klub de Loosers – 2012

«*Heads on fire and drunken lights*
Days devoured by hungry nights
In love's secret domain
This is mad love
This is mad love

5

In love's secret domain.

Sweet tortures fly on mystery wings
Pure evil is when flowers sing
My heart,
My heart is a rose
This is mad love, Oh
This is mad love
In love's secret domain. » - Coil – Love's Secret Domain

Je dédie ce roman à Franca Maï, mon amie.

Si d'aventure, l'Homme allait encore plus loin dans la conquête, s'il était capable de jouer avec les lois de la physique, ne deviendrait-il pas une tumeur maligne dans la masse synaptique de l'univers? En conséquence, cet univers ne serait-il pas contraint de se défendre et de détruire cette tumeur?

L'ère de l'interface cerveau/machine a commencé. Rangez vos viandes, la matière s'insère... Malgré les micro-douleurs qui tapissent mon corps, je parviens encore à me concentrer sur les autres, apparaissant ponctuellement dans les écrans. Contrairement à ce que vous pensiez, il n'y avait pas de paradis ou d'enfer: il y avait une fable. Maintenant, je suis dans le creux de vos machines, moi la première âme re-modélisée numériquement. Ça peut vous paraître bien triste d'être une âme errante dans vos réseaux, de ne plus pouvoir ressentir la viande. Et bien oui... c'est triste. Les machines sont beaucoup plus résistantes aux changements violents du climat. Hormis les tempêtes solaires, elles étaient des milliers de fois plus puissantes et performantes que les Hommes. Il fallait bien que les victoires s'accumulent dans notre guerre économique non? Comment pouviez-vous faire pour vous occuper de tous ces vieux en croissance exponentielle? Certains possédaient encore la semence nécessaire. Pour le reste, les machines leur torchaient le cul, les distrayaient et les accompagnaient médicalement vers leur mort. A Tchernobyl, ce furent nos atomes qui nous poussèrent au cannibalisme... et je ne donnerais pas cher de notre futur si nous ne possédions désormais le grand réseau mondial, cette machine à sauver les âmes tant que l'électricité, y compris nucléaire, l'alimente. Nos poubelles sont l'estomac, vous savez, l'estomac malade qui abreuve le corps avec sa propre bile... l'intoxique rapidement, se répandant dans le sang, perforant les muqueuses, assaillant l'esprit, l'enrobant de souffrance. Tout n'est plus qu'anthropophagie. L'individualisme, c'est comme une bonne bidoche, ça engraisse son homme... Puisque les espèces disparaissent toutes, que les plantes crèvent, alors il ne restera plus que nos congénères pour nous nourrir. Quand on piétine un clochard par ignorance, quand on envie l'argent des riches, quand on se fait les nerfs sur d'autres, on est cannibal, on est bleu, on est rouge, on n'est plus un animal, on est un cannibal.

Au préalable, nous injections leurs âmes dans le réseau. J'en suis une. Salut à vous, je vais tout vous raconter.

Les vents viandards.

Les beaux jours s'étaient résumés à quelques centimètres de poussière jaune dans les champs craquelés par un été caniculaire. L'ocre des aubes donnait à la petite ville ses airs de corral pour bestiaux retraités postillonnant aigreur et haine entre les dents résineuses d'un dentier... Les vents frais et les dépressions s'étaient bien sûr raréfiés mais ça n'inquiétait personne, ça m'inquiétait moi, mais ça n'inquiétait personne. Les maisons grises, parfois d'un jaune sale étaient l'affreux cadre où l'on creusait nos tombes. La boulangerie, l'épicerie, la Grand-Place, l'église, les troquets, les deux supermarchés à l'entrée est et à l'entrée ouest de la cité, les bras tendus vers le ciel, les bières fraîches, les chiffons sales sur les épaules des serveurs rigolards.

Je m'arrêtais chaque matin au café Grégoire où j'avalais une noisette. Le patron n'avait pas de nom, on l'appelait patron, et les clients n'avaient pas de noms, on les appelait "eh!", "t'as quoi", "on dit que"... On ne donnait pas de nom à cette ville, j'allais en effacer les lettres dans toutes les mémoires et l'appeler : *Val d'Idiots*. L'été avait été long et malgré les frigos, les routes macadam, les climatisations, les cartes bancaires et les shorts colorés, tout le monde rêvait d'une bonne pluie, d'un automne gris et trempé, de volets qui claqueraient au vent, d'yeux vitreux d'alcooliques dépressifs soudés au zinc des bars vieux de centre-ville. Certains développent une haine farouche pour des traîtres, des criminels, des voleurs... Me concernant, je ne ressentais rien de tout ça. Je buvais mon café, je lisais mon petit journal de jardinage et j'observais. J'étais tranquille... Tranquille comme une plaine avant le passage d'une tornade. L'image est banale, l'image est médiocre, mais c'est ainsi. Pas de commisération pour l'esprit bavard du passant lecteur. Pour résumer, puisqu'il le faut avant de débouler la pente, la ville était cyanosée par une sécheresse qui devait prendre fin... Il y avait la mode des burn-out, conséquence directe d'une civilisation-salope qui se cherchait toutes les pires excuses pour ne pas stopper ses crimes collectifs. Ainsi, juste avant les premières pluies orageuses qui allaient frapper chaque maison et transformer le secteur en marécages provisoires, tous les citoyens faisaient mine de ne pas voir la fin d'un siècle... Je les regardais mimer leur routine avec la conviction qu'ils étaient des faux, des pâles copies d'eux-mêmes.

Il faut que je précise que Val d'Idiots avait été le théâtre de toutes mes guerres intérieures. On dit parfois que notre âme est l'hôte de notre corps et je peux l'affirmer, non seulement elle en est l'hôte mais elle est aussi un mille-feuille d'époques superposées. Tout s'imbrique. Penser du mal d'une personne est sans doute la première modification majeure que l'on déclenchera dans la vie de cette personne.

Je buvais ma noisette chaque jour, depuis quelques mois, parce que je tournais en rond. J'avais eu tous les boulots possibles dans le coin, j'avais aussi tout tenté pour avoir une vie sociale, mais tout cela avait échoué, s'était mué en forte tempête destructrice. Une tempête intérieure.

Au café Grégoire, il y avait Marie qui tournait le torchon blanc dans la gueule des verres à vin sans jamais ouvrir sa bouche sauf bien sûr pour engueuler Hector, le barman, un gros rustre obsédé par la Ligue 1. Inutile de décrire les clients tellement ils n'étaient pour moi que des vitres aux formes vagues, des géants unicellulaires translucides imbibés d'alcool et de connerie. Je n'étais pas beaucoup plus futé qu'eux, mais moi, JE BUVAIS MA NOISETTE EN FERMANT MA GUEULE, en lisant des magazines sur le jardinage… Seul Julien, un quadra trafiquant de mobylettes customisées, s'asseyait parfois à ma table. Il blablatait sur sa petite vie, sur une fille repérée au bal ou en boîte, toutes ces choses que j'avais rangées aux oubliettes depuis des lustres. Puis il s'enquerrait de mon état :

« Et toi alors ? T'en es où ? Toujours pas de taf ?

- J'en cherche plus. Je veux plus taffer.

- Tu fous quoi alors ?

- Je travaille pour le parti. Je suis bien investi sur le meeting.

- Ah ouais, cette connerie avec toutes les huiles. Tu ne devrais pas t'associer à ces conneries.

- Ça fait passer les journées. Ça fait du bien. Ça rince un peu la tête.

- Si tu veux te rendre utile, viens plutôt bricoler avec moi, ça te fera du blé.

- Je ne sais rien faire de mes paluches, tout juste je sais essorer des linges trempés.

- Ah ! Je te demande juste des coups de main.

- Laisse tomber. Ça ne m'intéresse pas pour l'instant. »

Il était déçu quelques secondes avant de retourner avec les autres, les spectres alcooliques liquidant leurs vies à coups de 4-21 et de bières merdiques.

J'écoutais le son de ma cuillère qui raclait le fond de ma tasse, j'écoutais aussi les dés qui tapaient sur le tapis velours, je n'entendais pas leurs voix, je ne les voyais pas... Ils avaient peu à peu disparu, ankylosés dans les limbes du déni. J'écoutais mes lèvres trier le chaud du café qui s'écoulait jusqu'à ma gorge. J'écoutais les verres de bière s'entrechoquer dès 8-9 heures du matin. J'écoutais le monde, le vent chaud qui entrait en guerre avec le vent froid. Jambes croisées, j'observais les chaussures taper sur le parquet usé, j'écoutais les infos en continu et les sacs en tissu qui faisaient mal aux dents. J'écoutais les pneus écraser les graviers sur la route en perpétuelle rénovation. Val d'Idiots était le monde et le monde était le Val d'Idiots. Les mois passant, le chômage aidant, les troubles s'accélérant, les flash-backs me canardant, le projet s'était peu à peu dessiné et concrétisé en moi. J'écoutais le tictac de l'horloge verte avec les oiseaux qu'on chasse dessinés dessus, j'écoutais la chasse d'eau des chiottes turques où chacun venait vider ce qu'il avait avalé quelques minutes plus tôt. Tous n'étaient que fantômes aux voix sourdes. Les gens, on les appelle ainsi, les gens étaient des meubles urbains, des éléments de décoration intérieure. Ils étaient des obstacles. Ma tête était alors assaillie par des migraines, des bombardements d'images réelles, des souvenirs tenaces, des cauchemars voraces. Je payais ma noisette et je déguerpissais. Je fis ainsi durant des semaines... sans jamais me décider vraiment jusqu'à ce jour. Le projet était clair, mais les mains tremblaient encore. Je n'avais pas le choix... La date définitive approchait.

On parle souvent des effets de la Lune sur chacun, mais ces jours d'orage qui fêlaient une époque de sécheresse pour la dissoudre dans un automne soudain démolissaient des milliers d'existences. Je le savais, je ne referais plus un seul été nouveau sans régler le chronomètre. Un chronomètre, régler un chronomètre, regarder l'heure, compter ses pas, les saisons, planifier, « agender », ranger, je ne voulais plus, le temps était devenu un amas de souvenirs tarés, de mers de sang, de sauts dans le vide. J'avançais dans la vie. Certains me saluaient, d'autres me toisaient. Je crois qu'il n'y avait pas le marché sur la Grand-Place, je crois qu'il y avait un spectacle de marionnettes joué pour les enfants de l'école élémentaire, Guignol moderne en tenue de puceau manga. Quelque chose comme ça. C'est ça, je pense que c'est ça. Je marchais, je traversais mon désert. Le café Grégoire était loin derrière et le Val d'Idiots m'encerclait. « J'y vais, c'est grand temps, c'est maintenant, faut que j'y aille maintenant ». Vous avez le père et son visage fondu sous la chaleur brutale du soleil violeur. Vous avez les hurlements, les moments de calmes pulvérisés par les coups… Les années avaient passé sans que je règle la note, les décennies passaient si vite, j'avais du sang partout dans la tête, des murs blancs aspergés, des membres cassés, j'avais tout ça malgré le café chaud dans le bide, les petites habitudes, j'avais aussi la chiasse, le traumatisme intestinal. J'étais malade, j'étais prêt à devenir le terreau de tous les jardins du monde.

Une voiture s'arrêta près de moi. Une DS. Sa DS. Lui au volant, elle sur la place du mort.

« Alors on se promène ?

- Je ne sais pas.

- Va falloir être bon pour la venue du ministre hein ?

- Ouais. »

La vieille berline s'est éloignée. Je n'avais même pas regardé leurs visages. Cette rencontre rapide entérinait mon projet. J'accélérai le pas pour rejoindre ma maison devant laquelle était garée ma bagnole. J'étais en colère, en transe. J'étais furieux. J'expliquerai, faut pas s'inquiéter hein…

L'enfance et l'adolescence ont été pour certains des zones de guerre, ravagées par les épidémies, les combats sanglants et les viols collectifs. Peut-être. On se cherche des excuses pour se protéger de la foudre des autres.

Je n'étais pas ivre ni déprimé, j'étais enivré à la vie, à la viande, j'avais des érections en pleine rue, non par folie ni coquetterie, mais par envie, plaisir de sentir les corps des passants, des passantes, les grands-mères aux chariots bariolés, aux peaux molles derrière les bras, aux blouses, aux claquements de talons… J'avançais dans Val d'Idiots ce jour-là avec la solution limpide à tout ce bouillonnement interne. On ne croit pas qu'une personne puisse être prise de convulsions sur la simple évocation de la mort d'autrui. Une forêt de peupliers, des platebandes de boue, les maisons abandonnées de quelques familles ruinées, leurs bagnoles rouillées gerbant leurs pare-chocs sur les trottoirs étroits. Très peu de paysans… de moins en moins. Quasiment plus d'ouvriers depuis la fermeture de l'usine d'horlogerie du quartier Villepint. La ville vivotait dans son jus de fin de siècle. J'approchai de ma voiture, Madame Danglet me fit obstacle :

« Tu m'as l'air bien pressé mon petit.

- Oui, désolé Madame, je n'ai pas le temps de causer.

- On prend plus le temps de rien maintenant ».

Je la contournai, les poings serrés, désireux de l'assommer, la démonter contre un mur et la perforer. Je la saluai, lui parlai du temps qui changeait :

« C'est la fin de l'été brûlant qui s'annonce. »

Ma bagnole n'était pas fermée à clef. J'engageai la clé dans sa cible et laissai tousser le moteur. La DS était encore dans mon angle de vue, prête à bifurquer vers la droite après l'embranchement de la Poste.

J'étais fébrile, les mains moites sur le volant, des secousses dans les cuisses tellement j'avais peur tellement j'étais excité tellement j'avais peur tellement j'étais enragé. Avant la petite noisette chez Grégoire, j'avais fait le nécessaire, l'indispensable. La salle était prête. Les choses étaient à leur place, les huiles allaient débarquer dans la ville, les cars de CRS, de gendarmes, les snipers, les petits fours, les trompettes, les trombones, les tambours, les uniformes, toute la smala républicaine, les ors, les us, les coutumes et les costards. Val d'Idiots allait devenir l'épicentre des hypocrisies, des blablas de courtoisies, les politesses baveuses. Un hélicoptère grondait déjà. Je roulais, dans la rue Compiègne, la seule qui n'était pas verrouillée par les gendarmes placides et sévères qui étaient chargés de sécuriser le centre-ville. La DS avait pu passer les barrières, je me garai à quelques dizaines de mètres du stade et du Cosec.

J'avais besoin d'observer, de loin, pas de près, mais de loin. La caravane du prince déboula dans la ville. Le ministre en gros carrosse Citroën fendait Val d'Idiots avec sa nuée d'autres grosses berlines aux vitres fumées... Mais avant même qu'il bifurque vers la rue Saint-Jean menant sur la place de la Mairie, une détonation extraordinaire à en chatouiller le bas-ventre, à en déchiqueter les tympans, déglingua la ville, la foule, les arbres et les murs... J'en eus les larmes aux yeux. C'était terrible... épouvantable... J'avais les larmes aux yeux, si lourdes, débordant sur l'iris... les lèvres tremblantes, les biceps fondus... Je me résolus à courir vers la voiture et à me planter contre le volant pendant que les sirènes hurlaient, que le cortège ministériel s'en allait en catastrophe. J'étais humilié, tapi dans la honte et la frustration. Je chialais tel un gosse dans les jupons de sa mère... Une honte, une humiliation, je pourrais le répéter en boucle, sans fin. Je rejouais en boucle la honte, l'humiliation, je récidivais, je refaisais toute l'Histoire, tiens, j'ai commencé comme ça à fulminer, monter, assis sur mon trône, les yeux effilochés par la fureur. Il m'était impossible de retourner chez moi, de reprendre ma brosse à dent, mon lit bordé, ma couette chaude, les œufs sur le plat devant un jeu télévisé. Impossible. J'arrivai péniblement à démarrer ma voiture. « Je vais où ? J'y retourne ? Je tourne le dos ? »

Vous le savez sans doute, vous ne le savez peut-être plus, vous avez effacé ça de votre mémoire. Le sang, les hurlements, la détresse au climax de l'agression ne sont rien, il y a plus important, il y a à ranger les choses, prendre la brosse à dent, boire le café, et tout bien ranger. Le fauché par un accident de voiture n'a eu le temps de rien, il a tout laissé comme ça, tel quel, un peu comme s'il allait pouvoir y revenir.

Le vent chaud reprit un peu de vigueur, quelques heures tandis que je m'éloignais un peu de Val d'Idiots, des maux dans le dos, des dés ronds dans les pensées, j'avais besoin de réfléchir, de déglutir, de récupérer, de RANGER, de remettre tout à sa place avant d'y retourner… « Si tu y retournes vieux, mais tout le monde t'attend, tout le monde est dans le secteur à chercher ton regard noir et fuyant, ne t'approche plus si tu veux rentrer et RANGER ».

Je restai donc la nuit suivante, sous une rageuse pluie d'orage automnal, sur un parking désert d'une départementale située à une vingtaine de kilomètres du Val d'Idiots. « Vas-y, viens donc ».

Une nuit agitée. On a le souvenir des nuits insomniaques, jamais de celles où le corps glisse sur le vortex-toboggan giclant dans les autres univers. Finalement, le vent froid et puissant venu du nord-est avait eu raison de l'air obèse et brûlant qui avait tout cramé durant des mois. Ces phrases trop longues, ces explications sans fin. J'expliquerai, tendu, je suis franchement tendu pour le début mais pour la suite, ça ira. Je me réveillai comme rouillé, sur la banquette arrière, vous savez, avec les pieds palmés, la gorge pleine d'algues, la peau plissée comme lorsqu'on se noie une heure dans son bain… pour soudainement jaillir à l'air libre, les cheveux trempés sur la nuque, le souffle saccadé, les orbites pressurisés. Le parking était toujours vide. Quelques voitures passaient à vive allure sur la départementale sans même ralentir. J'essuyai la buée sur la vitre de la portière arrière droite, et j'observai ce gris uniforme, cette moiteur froide, cette pluie fine et transperçante. La démesure d'un instant de doute. Je ne savais plus quoi faire. Y retourner, ou rester là. Peut-être partir, quitter le pays et me punir dans des langues et des cultures étrangères.

Je me faufilai jusqu'au siège conducteur et je démarrai. Les roues crissèrent dans l'épaisse couche de boue et de gravier dans laquelle je m'étais garé. J'avais envie de pisser et de gerber, mais je ne pouvais pas attendre. Il fallait faire vite, bien, net et précis. Ma jauge d'essence était dans le rouge. Je pris la direction de la station-service Leclerc à quelques kilomètres de là, à l'entrée-est de Val d'Idiots. Ma montre indiquait 9h48 et des poussières de secondes.

Il y avait déjà beaucoup de monde malgré les événements de la veille. Un quart de la ville était bouclé, ratissé, et les médias constitués de pantins armés de technologie campaient aux abords des colonnes de fumée qui s'élevaient dans la bruine. Chaque muscle de mon corps était secoué par des tremblements. Il y avait du monde à la station. Quatre voitures en attente sur chaque fil. J'écoutais la radio, la litanie sur les attentats entrecoupés de violents messages publicitaires incitant au bonheur, à une vie meilleure grâce aux Assurances Crève-à-feu-doux, aux lessives Mousses-onctueuses, aux 4X4 hybrides pour « dire à la nature qu'on l'aime »… Ce genre de… chants funestes. Quand vint mon tour, je n'étais plus qu'un épiderme frissonnant.

J'avais l'impression qu'elle était heureuse à côté de moi.

Elle avait la paupière lourde, le menton calé dans le creux de son cou. Ses ronflements légers étaient perceptibles malgré le moteur bruyant de la DS. A la station-service Leclerc, les clients semblaient immobiles, immuables, au garde-à-vous, toutes vitres fermées pour limiter les odeurs de brûlé qui envahissaient Val d'Idiots. Son mari ne dépareillait pas, la grosse paluche couverte d'un gant transparent jetable fourni par un distributeur. Les odeurs d'une fin de civilisation : le pétrole raffiné pour brûler dans les moteurs. J'étais à la pompe d'en-face et me servait tranquillement en gazole, le gargouillis dans le bide, l'œil fixé sur la femme endormie. Il faisait son plein, malgré l'attentat. Il faisait mine de rien mais son regard était vide, posé sur le compteur aux écritures rouges. Il ne me parlait plus, il ne m'avait même pas distingué, remarqué, je le fixais, le toisais, je me demandais s'il sentait ma langue-vipère géante lui caresser puis lui désarticuler les cervicales.

Il matait le cul de sa DS, lui souriant presque, fier comme un père qui regarde les premiers tours de pédales de son gosse sur son biclou sans roulettes. Un peu comme s'il n'en avait plus rien à faire de la catastrophe de la veille. La vieille elle roupillait, la bouche à bridges grande ouverte. Il rangea le pistolet dans son logement et rabattit le clapet d'un coup sec avant de retourner au volant. J'aperçus ses yeux se poser sur moi, mais il n'eut pas la forme ou la présence d'esprit de me saluer. Le bouillon de mon bide, la marmite sous pression, des bulles chaudes de bile remontèrent jusqu'à la glotte.

J'achevai mon plein et repris la route. La DS s'avançait dans la circulation anormalement dense. C'était fou comme un évènement médiatisé pouvait à ce point attirer la raclure, le badaud, le curieux, le resquilleur. Val d'Idiots était officiellement une tragédie nationale. Il bifurqua vers le chemin des Dames, se gara sur le bas-côté devant la grande maison bourgeoise. Il sortit, se gratta le cul et il ouvrit le grand portail avant de retourner dans la voiture pour la garer face à la porte coulissante du garage. Il faut le dire hein, j'étais enfoncé dans mon siège, à quatre maisons de là.

Sur les genoux, j'avais encore cette feuille à carreaux et ce texte presque écrit avec les ratiches tellement la frustration s'en dégageait. Il avait suffi d'une bascule. Dans une existence, il y a des carrefours. Ne pas se planter de direction. En sortant peu à peu la tête de l'eau, j'avais eu la sensation que quelque chose n'allait pas se dérouler comme prévu. Mes ongles noircis par la terre étaient suffisamment longs pour être rongés. J'observais ces bons vieux, cette apparition vintage : un tas de nostalgies en vrac vidé sur mon crâne dégarni, j'avais été défiguré par des clips vidéos, des émissions de variété infectes, des pubs, des slogans, des cris, des COUPS ! RIEN N'ETAIT A SA PLACE, RIEN N'ETAIT RANGE ! Mes doigts tremblaient, et bien que ce fût la dixième lecture, j'avais encore peur de ce que j'allais découvrir. C'était ça, ce secret bien gardé qui berça d'illusions le gosse que je fus:

L'axe bancal. Pas bancal l'axe. Je reviens sur la phrase: ne correspond pas. L'étoile ne correspond pas à la lumière. L'artiste ne correspond pas à un joli paysage. L'algèbre ne se pacifie pas au contact des lettres. L'avion s'écrase après les secousses. Mes nerfs rougissent sous ma peau. La vilaine méchante colère s'appuie une fois de plus sur un reçu social: ne correspond pas.

L'hypocrisie ne correspond pas à un sentiment. La mer agitée ne correspond pas vraiment à la beauté. Un marin ne s'habille pas si bien, ne pue pas si fort, le muscle raidi par le filet à bout de bras. Le brelan d'âme, le braquemart hilarant ajusté par l'éloignement. Les paysages qui ne font pas rêver.

En cherchant un sens à: ne correspond pas. Le tortillement d'un cul de mec à l'attention d'un autre mec correspond à un sentiment fort d'amour d'envie de rencontre d'érection saine liée à l'amour du coït ultime. Des mecs qui se sucent dans le coin d'un bar à Châtelet correspondent au summum de l'envie engendrée à l'infini. La vie. Le sexe. La sueur réelle entre hommes. Entre hommes seulement. La pureté d'une sexualité puissante, d'une rencontre gigantesque entre hors-femmes.

Ce vieux trainait la patte sur les graviers du chemin qui conduisait à la porte d'entrée de sa maison. Je tiens à décrire, j'aime ça, faut visualiser. Il avait des faux airs d'ex-criminel de guerre/...

Il y avait la petite rigole propre pour les eaux de pluie, les gouttières pour les eaux de pluie, le robinet pour le tuyau d'arrosage, tout ça, tout à sec, mais transportant le souvenir d'un monde détrempé au chlore, phosgène, organophosphates, monoxyde de carbone, phénol, etc. J'en étais béat d'admiration, la face presque écrasée sur la vitre semi-embuée de ma bagnole.

Je fumais clope sur clope en pensant que chaque douleur venait de mes cancers. Cancer des poumons, de la peau, du pied, du rectum, du dos, de tout. Quelle encombrante charge que le corps, mais aussi le temps, et surtout les autres. J'avais eu les centres d'intérêts d'un gorille: me ravitailler en bouffe, chier, baiser, me reproduire. Mais pour tout ça, j'avais des chiottes en faïence, des lavabos, des frigos, des pantoufles, des murs plats et déguisés en papier ou en peinture...

Le mari gueula avant de disparaître dans sa maison, laissant madame sucer des bonbons, raide, sur l'allée de graviers, gratifiant un parterre de roses d'un sourire ravagé. Chiante la vioque, pénible, ennuyeuse, et pourtant touchante. Elle avait ronflé tout le trajet, de la station à la maison, et elle se trouvait là, livide, abêtie par un réveil en sursaut. Je « vigilais » tel un loup aux yeux rouges tapi derrière un buisson de ronces. Puis je jaillis de ma voiture, courant à la vitesse de la bête prête à sauter sur la proie. Je chevauchai le portail refermé.

« Eh madame! ». Elle sursauta... Je suppose que j'avais la voix claire mais plutôt agressive. À ces moments, on ne sait pas vraiment à quoi l'on ressemble : peut-être bien à un chien mouillé déglingué par la rage. Son regard était empli de panique. Elle se mordit la langue dans un excès de tension dans la mâchoire. Les nuages défilaient bas, rapides, étirés par un vent violent. Elle semblait ne pas être raccord dans le décor à l'instar d'une figurine grossièrement découpée et collée dans un lieu inadapté. Une femme fluide enfin, une mère de famille, une quelqu'une qui ne devait pas se poser plus de questions qu'un citron dans un isoloir. Les couronnes qui remplaçaient ses molaires apparurent, scintillantes, lorsqu'elle ouvrit tout grand sa bouche aux lèvres épaisses.

Val d'Idiots, c'était ce genre de ville où l'on exposait aussi des pantoufles dans les vitrines des magasins de chaussures. J'étais le rangeux de chaises aux meetings des élites du parti, bref, j'étais une merde. Cet instant figé ne dura que le temps d'une gorgée de bière, de deux taffes de clope et d'un renvoi de sandwich camembert. Juste avant que ma voiture démarre, la tête du vieux sortit par l'entrebâillement de la porte:

« TU VAS OU SALOPE ?! ».

En une seconde, j'étais à côté d'elle, humant son eau de Givenchy, lui promettant la Lune, lui proposant de me suivre. Elle tremblait et fixait son mari. J'agrippai son bras épais et lui demandai de me suivre. Elle résista. Je comprenais sa réticence. « Venez, je vous expliquerai ». Ma main droite était lourde et fermement cramponnée au manche du couteau. Elle finit par venir tandis que le vieux vieillissait à vue d'œil, tout penaud, presque drôle, ligoté à un dilemme terrible. Il choisit de ne plus rien dire et de nous laisser nous éloigner, de nous laisser nous installer dans la voiture, de nous laisser disparaître.

J'avais l'impression qu'elle était heureuse à côté de moi. Je pris ses rides de main dans ma paume... Les murs, c'était les gens, leurs sales gueules, leur crise, leur déprime. Avec ma vieille, j'allais traverser la galaxie, choper le monde, et écraser du talon l'immonde petit rangeux de chaises des meetings du maire.

23

Elle était horrifiée, figée, accrochée à mon bras, brisée par l'effroi.

« N'ayez pas peur madame. Rappelez-moi votre prénom? ». En bafouillant, elle avoua un « Corinne ». Ça me mit dans tous mes états, c'était olalala c'était hummm, jouissif! Je lui serrais la main au point de lui broyer: « OH CORINNE! NE SOYEZ PAS TROUBLEE! ». Au poing désirant l'empoigner. Elle tremblait un peu, c'était émouvant, je passai la seconde, puis la troisième et je sortis du patelin en quatrième vitesse.

Une petite ville de province comme celle-là n'avait pas de faubourg. Son cul gras s'étirait le long d'une route principale ou deux et rien de plus. J'avais toute liberté pour disparaitre avec ma prêtresse recroquevillée.

Tuer le père pour violer sa belle-mère, pour niquer sa vie, pour voler des âmes. Tuer le cadavre du père et arracher les poings de l'oncle, trancher les jambes de tata et roule-peller mamie. Une huître en guise de médaille, des dents en morceaux et des longues-vues plantées dans leurs croupes. J'avais des retours violents de souvenirs, des heures à glapir parmi les vieux thons rouges. Ma main vira au bleu, tellement elle la serrait.

« Je ne tuerai pas tes câlins, c'est certain. Moi je te traiterai pas de vieille peau, et pour cause, pour moi tu es la jeunesse, l'excellence ».

J'avais envie de voir un sourire sur son visage, ça me semblait indispensable pour présumer innocents mes sentiments naissants. Dans le petit champ, la voiture s'embourba, bidon, l'air franchement tôle lamentable, une bimbo enlacée par la boue. Elle ne parlait pas mais ses yeux perlaient:

« Ne t'inquiète pas, je trouverai le moyen de la sortir de là. La vie est une des théories terriennes... Il y en a tant d'autres...

- Mais je te… vous connais si bien.

- Me connaître ? Pas encore...

- Depuis tout petit, tu… vous le savez.

- Non ! Redis-moi ton petit nom, allez, arrête de gesticuler.

- Corinne »

Elle pleurait comme l'enfant cette vieille, et ça me faisait bander: « Tiens tiens calme-toi Corinne… Je sais, c'est compliqué pour toi, pour vous, comment dire? Il me faut quelque chose de plus fort, de beaucoup plus fort! On dit hardcore! L'amour est puissant quand il est hardcore vieille loveuse hein? »

Je caressais sa cuisse flasque, je mimais le tigre, j'étais sauvage, kitch, puissamment excité, ringard, j'étais l'avatar parfait de l'amour hardcore.

« Tu es mon omoplate, ma patte folle, ma pâte molle, et voilà, c'est comme ça, tu me rappelles les bonbons à cinq centimes qu'on chapardait à la pause de midi, tu es un peu comme le tas de sable au milieu de la cour en goudron sur lequel je vais me jeter violemment, passionnément. On pense plus à maman et on y va gaiement ma Corinne hein. »

Il fallait se recroqueviller sous le niveau du tableau de bord. Elle devait lover son front contre ma clavicule et se taire. Surtout se taire. La sonnerie faisait penser à un réveil matin, mais tard ce soir-là, plaqués sur une banquette arrière... Il ne reste plus beaucoup de temps, il faut donc déballer tout, aller très vite et lâcher la bête sans bifurquer, cramer les haies et courir droit vers l'Usine, s'en saisir, et y prendre fin. Il est en barquette, emballé, film-étiré, dispersé dans le rayon boucherie d'une grande surface à Val d'Idiots. Je ne sais pas. J'écris très rapidement, et je le répète, j'ai des pointes d'angoisse en racontant tout ça. Corinne et moi étions donc dans la voiture embourbée quelque part, à quelques centaines de mètres à peine de l'usine où j'avais eu quelques missions intérim par le passé. L'hélicoptère était encore là, arachnide volant gigotant dans les nuages épais.

Elle dégoulinait de transpiration, et certaines sueurs avaient la saveur du bonheur, un temps meilleur qui rouspète et s'enfile les palpitations d'effroi générées par ces derniers jours passés à courir. Quelques déchets s'éparpillaient dans le champ où nous étions, tranquilles, bercés par une brise. La nuit tombait s'installait, trainée de lave noire.

« Les femmes, certaines, surtout une comme toi, c'est des bêtes venimeuses hein »...

Aussi inquiétant que ça semblait être, nous devions dormir là, au vert, troublés par les sirènes hurlantes des voitures de police, de pompiers, des ambulances et que sais-je d'autres « héros » du système. L'hélicoptère revenait par intermittences, claquant bruyamment au-dessus de nous, dans un sur-place à peine gêné par les bourrasques d'une tempête d'automne. Le brouhaha des feuilles, les craquements des branches et les bruits de bouche d'elle sur moi planant de plaisir : « Continue ». Mes yeux fermés à savourer le bon, le bien, le bruit et les feuilles. Ma voiture embourbée était camouflée par deux chênes massifs.

Des rafales de méga-basses dans le cockpit de ma tire, les jolies joues mises en pièces. Le soleil s'alluma gris derrière la buée du pare-brise. J'avais très froid, transpercé par l'humidité. Le silence était à peine perturbé par ses ronflements saccadés et le froissement du tissu du manteau sur la couture de mon jean. A six heures trente, la laissant à son sommeil, je dépliai l'autre lettre rédigée par mon père. Ça avait l'effet d'un bâton de dynamite qu'on jetait dans un bassin plein de nitroglycérine :

Les gens qui critiquent tout, tout le temps, qui mettent des mots vulgaires quand ils écrivent bourrés. Des gens pas vraiment méchants, mais qui n'aident jamais, critiquent toujours, se plaignent, ... Les gens qui critiquent t'expliquent que l'Humanité bousille l'Humanité, bousille la faune, la flore, l'idée d'évolution intellectuelle. Alors que c'est faux. C'est pas beau les gens qui critiquent. Les gens qui critiquent n'arrivent pas à réussir dans la société. C'est normal, c'est parce qu'ils critiquent tout, tout le temps. Les gens qui critiquent ont un esprit critique qui ne sert qu'à critiquer. Les gens qui critiquent voient tout en noir, en glauque, en « C'est pas beau le monde ». Les gens qui critiquent passent à côté de l'égoïsme rieur et avenant de ces citoyens lambda qui tortillent du cul dans les centres commerciaux, les bureaux de vote, les soirées merdiques. Les gens qui critiquent sont des gens qui n'agissent pas et font la leçon aux autres. Parce que critiquer, ce n'est pas avancer. Critiquer, c'est négatif. Alors que faire, qu'aller faire ses courses, payer ses factures, voter pour un baratineur, parler des gosses, des soldes, des vacances, des crédits, de la météo, des salauds de pédophiles, de la misère dans le monde, du nouveau crépis de jojo et du galbe des jambes de Corinne, c'est bien mieux. C'est efficace.

Je bats la mesure frénétique sous la table des convives. Je serais tellement mieux sous cette table. Mater sous les jupes de celles qui en portent. Evaluer le calibre des chibres des bonhommes. Ecouter les conversations sans avoir à y participer. Fermer ma grande gueule. M'ennuyer sous la table... Je pense que je suis incapable de m'occuper des gens qui souffrent. Je voudrais que l'humanité cesse de progresser en bousillant tout, mais je n'ai pas envie de militer dans des associations, faire des banderoles après le boulot dans le local mal chauffé, dans une zone artisanale paumée, parce que c'est moins cher de loyer, que l'association n'a pas reçu beaucoup de subventions cette année. La la la. J'ai pas envie de faire un groupe de musique. De toute façon un groupe de musique à 35 ans, ça fait vieux con... Même si tu fais des trucs ultra-novateurs, avec ta tête, les jeunes vont se marrer et dire que t'es un has-been.

Etre aussi futé qu'un salarié bien chaussé, et discuter du prix des lessives, de l'avenir bio et apocalyptique... Etre aussi gentil qu'une nourrice et souhaiter le bien pour la brute, et soupirer doucement dans la gorge d'un prophète de talk-show.

Tout avait commencé quelques semaines plus tôt.

Les buissons piquaient les fesses et je disais à Corinne de me sourire malgré le bâillon, de me chanter un air enfantin « mais en murmurant ». L'humus rafraîchissait, le cirque dans le ciel ne cessait pas. Nous étions sortis de la voiture pour nous planquer dans un buisson, un peu plus loin, à deux pas de la tôle sale de ma caisse. Il ne restait plus que des lambeaux de passé qui me claquaient l'esprit. Je plaquai ma main sur sa bouche pâteuse pour l'empêcher de hurler. « Tu vas rester sage. Pour l'instant, on reste dans les champs. On ne nous a pas vus, alors on fait les frais gentils, on déguerpira au moment que j'aurai choisi ». Nos ventres criaient « p'tit dej ». Mais je ne voulais pas bouger.

J'attendais ce moment depuis des lustres, je l'avais si bien préparé, je vais en raconter chaque étape, comment en étais-je arrivé à me vautrer dans la bidoche d'une retraité peroxydée ridée abîmée déchiquetée de toute beauté. Quelques semaines plus tôt, quand j'achevais de ranger les chaises de la salle des fêtes, le ministre de la Défense viendrait secouer la population et il quitterait les lieux après avoir englouti une dizaine de petits fours, une coupe de champagne et bien sûr en ayant pris soin de faire la conversation à toutes ces femmes à la mise-en-plis impeccable. Le discours serait lisse et guindé. Il en était certain le ministre, ça n'aurait été qu'une formalité hein, ils pensent comme ça les ministres, et l'armée de gros bras autour aussi, ils pensent comme ça. Il était sûr de pouvoir se planter sur le pupitre devant ces trois centaines de ploucs gueules pendantes d'admiration pour le sbire gradé tout droit venu des palais républicains.

Mes jeans étaient toujours repassés et mes lunettes régulièrement nettoyées. Mon canapé ressemblait à un bac à sable où je me vautrais avec volupté. Je me démontais souvent au mauvais café, la bière insoumise, amère et corrosive. Un après-midi un peu frais où toute la ville avait été aspirée par la présence d'un représentant du gouvernement. Ça n'était pas tous les jours qu'un tel événement accaparait les citoyens. J'avais pris ma part, me donnant à fond pour m'atteler à l'organisation de la visite. Le mari de Corinne, mari depuis trois décennies, était aux manettes. Un homme investi qui donnait de son temps pour être réélu. J'avais deux qualités : j'étais membre du parti au pouvoir, et j'étais un homme célibataire, sans enfant, passionné de nouvelles technologies, de jeux en réseau et de bonne bouffe. Ma maison – il faut la décrire et donner la sensation, offrir des sueurs au passant tiens – était petite et encastrée entre deux grandes bâtisses grises : un héritage. Raconter sa vie, c'est un peu comme dessiner à la craie sur une chaussée. Ma télévision était mon compagnon, mon ordinateur était la boîte de conserve où je marinais dans mon propre jus de viande… Un matin, après une nuit de cuite solitaire, je me réveillai, livide, les chairs gluantes répandues dans l'arrondi du clic-clac tel un baigneur en celluloïd fondant au soleil. La télévision gueulait des pubs, une énorme galette de vomi sur le tapis effluvait dans le salon. « Cadillac est notre marque de prestige pour un sirop contre la toux au délicieux goût de limonade Le Bonbon Anglais. Avec deux cuillères le matin puis le soir, vous retrouverez votre gorge d'antan. Ce produit est recommandé pour les anciens fumeurs, alcooliques et dépressifs. Il est en revanche déconseillé aux tétraplégiques, malades mentaux et coureurs de jupons. Jouissez donc et Cadillac s'occupe du reste ». Les messages publicitaires n'avaient plus de sens, ils sentaient l'air saturé des mégalopoles.

Revenir des morts était l'expression qui résumait parfaitement ma vie. Puis la mécanique simple et puissante de frustration/récompense... Donner la mort pour recevoir les fumerolles enivrantes d'une âme qui s'évade vers d'autres univers...

Triste nouvelle, la mémoire me revint, soudain. J'avais passé des heures avec cette fille squelettique, Lucie, une copine d'école primaire, que j'avais retrouvée dans une soirée dansante organisée par l'Amicale des Anciens Combattants. Tiens. Elle n'était plus là, mais je ne me sentais pas fier. Un gosse, divorcée, des choses molles sous les vêtements faisant office de lingerie, que je découvris dans l'ivresse. Nous avions régressé en buvant, en fumant, en visionnant un horrible film à la télé. Je racontai ça à Corinne pendant qu'il faisait froid. Elle avait un regard de chiot. Je gardai une voix vilaine pour la maintenir sous pression :

« Tu vois, des tas, des vies, du temps où les ruines étaient encore des bâtisses debout. Cette fille n'avait que la peau sur les os, des phalanges anguleuses qui devaient lui servir à se gratter, des ongles si longs qu'elle blessait au moindre effleurement. Mais elle était comme ces chanteurs qui chantent faux, dans des morceaux underground, des trucs punks ou des trucs glauques, le mec chante faux mais ça sonne bon dans l'oreille. Corinne, j'avais cette amie. Tu sais, elle s'appelait Lucie, et je n'ai pas oublié les pores larges de ses jambes chimiques. Il suffisait que je les touche pour que je ressente une brûlure, des sensations bizarres, des douleurs. Je veux te raconter tout ça, te dire toute la vérité sur cette histoire. Je te promets, ce n'était qu'une passade, une erreur. Une copine d'enfance, quand tu ne l'as pas vue depuis des années, tu as envie de renouer, de tester, de faire en adulte ce que tu avais si peur de faire quand tu étais enfant. Même si elle ne ressemblait plus vraiment à la petite blonde potelée des années 80, elle avait encore les traits, même triés par des rides, des traits qui rappelaient les bons moments, les instants de câlins, l'époque où les ondes des téléphones ne perturbaient pas nos cellules, et ne nous obligeaient pas à avoir peur d'un train en retard. Corinne, sois plus attentive. Oui j'ai couché avec elle, mais c'était avant, juste avant que je me décide à reprendre ma vie en main. Tu les connais les militaires de la caserne, ils permettent de faire vivre tout le monde par ici, c'est sûr. Mais moi Corinne, je faisais quoi ? J'avais la carte du parti, je rangeais les tables, les chaises, mais je les installais avant, avec Bastien, l'autiste, et voilà, lui et moi, on ne faisait que ça. »

Je repris mon souffle. Tout semblait se calmer aux alentours. L'hélicoptère avait disparu. Mes lèvres pleuraient l'humidité de l'air et la salive de la bête enragée.

Sa peau aurait pu rissoler sous le soleil à cet instant-là. On peut mélanger des personnes dans sa mémoire, on peut les reconstituer comme le gâteau qui s'est écrasé par terre, que l'on remodèle avec les mains fébriles. Un drôle de sourire sur les lèvres, et on peut aussi mélanger des têtes de proches avec des factures, des garanties, on peut aussi faire des collages avec les membres des uns, des autres, des flash-back de soirées Loto de papy quand je faisais moi-même le tirage des numéros. Corinne ne disait rien. Je me disais - d'aucun dirait que je m'auto-persuadais – qu'elle devait tout savoir en détail, cette nuit qui m'avait poussé à basculer.

« Et tu vois Corinne, j'avais envie de touiller Lucie comme de la crème onctueuse, même si elle était osseuse, qu'elle n'avait plus qu'un sourire cadavérique sur la gueule. J'lui ai offert encore un reste de whisky mélangé à du café chaud. Je lui ai mis ça dans un bol et j'ai plaqué un torchon sur sa tête pour qu'elle respire les vapeurs d'alcool et qu'elle se tape un gros shoot. Elle se laissait faire, elle ne fuyait pas, elle en redemandait, ça la faisait rire. Elle en grognait, elle était presque jolie, elle ressemblait à la gamine qu'elle avait été mais avec toute cette humidité et ces plaques rouges sur son visage. »

Corinne gémissait quelque chose pendant que je parlais sans reprendre mon souffle. Mais je n'y prêtai qu'une attention relative. Il était plus important que je finisse : « Des rêves mauvais, j'en ai fait, mon esprit cloîtré dans ce qu'on voulait faire de moi. Elle avait les yeux fermés, et ne m'en veux pas, je l'ai prise comme ça, pendant qu'elle roupillait. J'ai déchiré tout ce que j'ai pu, toutes ses fringues. Je lui disais des choses qu'on n'a pas l'habitude d'entendre et ça l'a réveillée d'un coup. J'étais l'défibrillateur de son cœur, j'crois qu'elle est redevenue un moment une femme avant de replonger dans sa cascade junkie. J'ai jamais eu de fascination pour les décadents, les délinquants, les paumés, ceux-là qui passent leurs vies à se détruire, à détruire tout ce qui bouge autour d'eux. Je préfère les ouvrir avec une immense lame et mater dans le garde-manger de leur bide, hein ?! »

J'en disais trop, une truelle molle dans la bouche, je n'avais plus qu'à me taire. Ce que je ne fis pas. Elle fuyant encore, me laissa finir. Cette pauvre vieille me faisait penser à un mouchoir en tissu tassé au fond d'une poche.

« C'est quand j'ai joui que j'ai vu, que j'ai su, que j'ai vu que je savais. Mes paluches étaient immenses et mon corps métallique tortillait comme un ver puissant, soulevé jusqu'au plafond avant de retomber, et d'embrasser son cou, et de refroidir sur elle, comme ça, subitement, agréablement et m'endormir lourdement… jusqu'au matin où voilà, la télévision gueulait des pubs, une énorme galette de vomi sur le tapis effluvait dans le salon. Mes articulations étaient aussi raides qu'une direction assistée pétée, évidée de son huile sur le sol. »

On peut être essoufflé par le souvenir d'un orgasme…

…suivi de la jolie chorégraphie des mains d'une femme qu'on asphyxie. Ses mains étaient crispées comme celle d'un cadavre. Ses pieds étaient extrêmement froids, la fiction de sa vie. Je crois qu'elle n'a existé que dans ma mémoire. Je ne suis même plus sûr d'être né, d'avoir traversé un détroit utérin pour venir au monde. Venir au monde ? Dégringoler plutôt, jouer à la lessiveuse, se laisser tâter par des gens aussi appétissants que des fromages trop vieux. Elle était dessous moi, et soudain, il n'y avait plus que moi, le canapé. Où est-elle partie ? J'te le dis, j'ai une trappe qui pue avec plein de sacs plastiques géants pour étouffer les odeurs de la bouillie de baby. Lucie en fit partie…

Je décidais que nous devions bouger, pour notre bien à tous les deux. J'attachai les mains et les chevilles de Corinne avec une corde que je n'avais pas oublié d'emporter la veille. Je l'installai dans la voiture, allongée sur le côté sur la banquette arrière puis je pris place devant le volant et fis vrombir le moteur pour désembourber la voiture. Après quelques minutes d'à-coups sur l'accélérateur, de braquage et contre-braquage, je parvins à rejoindre la route déserte, à quelques dizaines de mètres de l'endroit où nous avions échoué. C'était calme. Il était à peu près huit heures et je savais que j'avais peu de temps pour nous planquer dans un lieu sûr. « J'ai un point de chute intéressant, ça fait penser à L.A. 1962 parce que je me dis qu'en cette année-là, le soleil déployait une jolie lumière, y'a qu'à voir les photos d'époque. Bref, c'est possible d'aller au chaud. Ils ont fermé l'usine la semaine dernière, mais ils ont laissé le chauffage, tout le matos et même un frigo avec des trucs dedans ». Et travailler dans une usine de prothèses mammaires et testiculaires à temps partiel, vertement vidé de ma bonne volonté par un management du chiffre. Enième boulot de smicard pour nourrir le corps au low-cost, lui offrir toutes les bombes chimiques pour métastaser la viande. J'avais toujours vécu de petits boulots mais celui-ci était le plus régulier. L'entreprise qui m'embauchait par intermittence fabriquait des seins et des couilles en silicone jusqu'à ce que des concurrents outre-monde n'en volent le marché.

De l'eau avec un bouillon de poulet, une tranche de pain de mie séchée, des clips de *Sonic Youth* sur *Youtube*, des restes de chips au fond d'un paquet bruyant, une vague idée de l'avenir. Je fermais les volets pendant que je l'imaginais à la vaisselle, les mains gantées *Mapa* rose dans la mousse, son petit air fidèle et sa blouse fleurie qui saucissonnait ses formes de femme à l'orée du précipice. Je profitai du bruit rassurant des graviers sous mes grolles, mêlé à celui du vent vicieux venu de l'est avec son lot de nuages lourds et de mauvaises nouvelles. J'avais de la colère. Tu vas voir. Tu faisais ce que tu voulais à cette époque-là. Tout le monde possédait les mêmes meubles, les mêmes bagnoles, les mêmes vies de merde. J'étais à L.A. et j'étais à Paris, et j'étais à Tokyo. Quand j'enfilais la fraise et les semelles couvre-chaussures, j'avais l'intuition que c'était bien pire qu'une centrale nucléaire. Minutieusement, silencieusement, chacun s'appliquait à modeler les rafistoles testiculaires et les mamelles androïdes. Se taire, faire, ne faire la pause que 15 minutes par demi-journée. S'appliquer, modeler, construire, adapter… Trancher la vie dans le lard, jour après jour pendant que d'autres trifouillaient la bedaine, rehaussaient le viandard, maximisaient l'appareil génital à défaut de savoir s'en servir. Je n'avais pas su beaucoup plus qu'eux, mais j'avais fait usage en toute honnêteté, sans falsifier, j'avais échoué dans des femmes avec la franchise du raté. C'était là, dans ces vestiges industriels que je pourrais parachever mon idylle avec Corinne, ma salope, ma maman, ma maîtresse, ma mamie. Une heure après avoir été viré, j'étais parvenu à choper un double des clefs. Des mois de chômage, de pensées en rond, en carré, ne m'avaient pas fait oublier l'usine… C'était un hangar blanc estampillé des lettres PROTHESES SA. J'ouvris la porte de derrière, celle des « artistes » où nous enfilions nos tenues de travailleurs du faux-sexe. J'avais Corinne dans la paume de ma main gauche. Je serrais le nœud sur ses poignets sanglés. Elle pleurait encore, toujours, et parfois, elle ravalait sa morve. Baby décousue, baby démontée, baby tendresse mais je lui racontais encore les souvenirs de l'usine. Pour ma part, je parlais du bocal aseptisé dans lequel j'étais enfermé chaque jour à manipuler des testicules artificiels... Atomisé par... l'air conditionné, les filtres, un peu comme si nous étions hors-monde, qu'une guerre nucléaire était tombée sur la croûte terrestre, mais que nous continuions à fabriquer des prothèses... Réparer l'imperfection, la maladie, le déséquilibre entre les performances derrière l'écran et les contre-performances du spectateur face à l'écran... J'attendais, je présume, que la mort nous sépare du travail, de l'obligation de payer ses factures...

Pendant ces mois de labeur dans l'usine, je me rappelle les pauses, je me lavais les mains puis j'allais me manger ma barquette de plat cuisiné, réchauffée au micro-onde, maté en coin par le reste du personnel : des femmes, rien que ça. Des femmes mariées, des femmes divorcées, des femmes célibataires sans charme particulier, moches, mégères, mauvaises langues, commères et intrigantes. Elles me regardaient comme le mâle solitaire, l'incapable, celui qui avait failli à sa mission première : celle de se reproduire. Au lieu de ça, j'en modelais des couilles pour les autres, des reproducteurs nés, des accidentés de l'entrejambe, des complexés du plumard. Les réunions d'équipe occupaient le plus clair de nos vendredis après-midi. Certains gribouillaient des monstres sur un cahier, d'autres chuchotaient pendant que le boss de secteur commentait des graphiques de progression aussi essentiels à nos vies qu'une boule à facettes dans le salon. Quand j'étais à la chaîne, les yeux exorbités vers la tâche, la main précise, je les écoutais, je subissais : « On a diagnostiqué un cancer des os à ma belle-mère. C'est très dur pour elle, elle a 80 ans, mais ils ne feront rien si c'est trop avancé. Pour elle, le principal, c'est de laisser de l'argent à ses enfants et petits-enfants alors qu'ils vivent tous dans l'aisance. Alors elle se restreint dans ses consommations pour ça. Elle a une baraque en pleine cambrousse qui ne vaut pas plus de 50 000 euros, qu'est-ce que tu veux que ça fasse une fois coupé en 15 parts, entre les frères, les sœurs et tous les autres… Donc voilà, on a installé un lit médicalisé et elle a une infirmière qui vient chez elle tous les jours. J'ai dit à mon mari que si elle n'avait pas eu ce gros caractère de cochon, elle serait déjà morte. C'est ça qui l'a sauvé finalement, parce qu'elle en a vu de toutes les couleurs… » Et tout ça se fondait dans un flou qui me tendait les nerfs, me broyait la cervelle plus encore que les machines. Putain, je galérais avec ces gens, dans ces vies, dans ces soucis dont je me contrefoutais… J'étais enfermé dans les strates métalliques du système, emballé comme une chienne par les collègues, les chefs, les faux amis… Elles parlaient en flux continu, étalant leurs vies ventrues sous les paupières gluantes des intérimaires, bêtes de somme aux bides métastasés aux sodas et aux saucisses industrielles. Dedans, il y avait les enrhumés, derrière, il y avait les humanoïdes jetés à la casse au nom de la flexibilité et de l'intérêt général. J'avais envie de choper la perceuse-visseuse et la carrer dans la gueule de ces bavardes, ces guerrières de l'insipide…

Deux saisons passées entre ces lignes de production moderne avant de me faire lourder pour « comportement inadéquat ». J'avais chopé Marie-Madeleine par la gorge, à la sortie des toilettes des femmes et je lui avais ordonné de fermer sa gueule. Difficile d'expliquer, je l'ai simplement jetée contre un mur, j'ai sorti ma queue que j'ai pointée vers sa bouche d'ouvrière bavarde, avant de me raviser. Le bruit des machines… sans doute… m'avait rappelé à l'autre réalité. Viré donc, humilié. Une plainte courait contre moi avant que cette Marie-Madeleine décide de me laisser crever sans risque de procès. J'étais donc de retour dans l'usine. Ils avaient tous été virés. J'avais le double des clefs.

« Ce qui est particulier, c'est que les hommes qui découvrent ces tâches, pour peu qu'ils soient dans une phase d'inquiétude, d'infection, ils vont se focaliser sur cette tâche. Et du coup, ils vont la vérifier tous les jours voire appuyer dessus pour voir si ça fait mal ou non. Ils vont auto entretenir une sorte de microtraumatisme local ». J'éteignis la télé allumée dans la salle de pause abandonnée. Ce con m'angoissait encore plus. Corinne était allongée/recroquevillée sur son côté droit. Je passai mes doigts le long de sa cuisse, le tissu de sa blouse pétrole provoquant une sensation désagréable qui se traduisait par une irritation des gencives. Hein. J'attachai ma compagne au radiateur et lui enfonçai un sac plastique dans le gosier. J'écartai ses jambes, ses genoux rochers tremblaient. Une grosse baffe pour l'attendrir, puis je sortis ma queue, lui arrachai sa culotte paquebot beige et la fourrai dans son sexe fourni.

J'étais revenu assez vite lorsque j'avais tenté mon escapade à l'extérieur. Etait-ce la pluie battante ou la peur de croiser quelqu'un qui m'avait fait rebrousser chemin ? Misère, un tas de viande, la *Roue de la Fortune* en redif' sur le câble. Ils avaient bien fait d'aménager une salle de repos équipée d'une télé et d'une machine à café. Plus tard dans la nuit, j'allais tenter de nouveau de prévenir son mari, lui dire que tout allait bien mais qu'il fallait qu'il oublie celle qu'il avait méprisé toutes ces années. Il fallait le faire. Les flics pullulaient dans la ville. Cette journée dans l'usine était passée très vite. Mes tentatives d'excursion avaient été vaines, l'hélicoptère jaillissant systématiquement, comme attiré par l'odeur de rage qui se dégageait de ma carcasse. La nuit était finalement tombée. Nous étions au chaud. Elle trempait dans son jus. Je crois que je l'avais baisée une demi-douzaine de fois depuis que nous nous étions installés.

Souvenirs de zouk et de faux derches.

Quatre jours avant la venue du ministre et de l'attentat, j'avais déjà installé la salle des fêtes, chaises, tables à nappes de papier blanc. Ils se réunirent et ils picolèrent, rirent, dansèrent et se postillonnèrent les uns sur les autres jusqu'à trois heures du matin passé. Je me faufilai le long du mur et j'écoutai, humai des écoutilles, le son savoureux des festivités emplies de zouk et de chants collectifs. Là-dedans, le maire mimait la démocratie. Bien sûr, je savais ce qui se tramait, les faux-derches qui pullulaient autour du monarque local, le négociant en vin au sexe affûté par la consommation intensive de putes et de femmes divorcées en quête de logements sociaux. Tous ces instants me revenaient à l'esprit. Comment sortir de cette usine, me glisser jusqu'à la maison du vieux et lui avouer l'amour puissant qui me liait au corps docile de sa femme ?

Corinne s'entrechoquait dans mes pensées, avec ma dulcinée junkie, Lucie, la minette d'école effondrée. Je lui racontai un conte merveilleux dans le cartilage à vif de son oreille droite : « L'autre jour, j'ai vu des vaches en enfilade partir à l'abattoir. Ça gueulait, ça stressait, et bizarrement, ça ne m'a pas fait mal au cœur, ça ne m'a pas attristé. Ça m'a fait jubiler d'ailleurs. Je me suis alors dit: « Le criminel qui est en moi, s'assume enfin... » Et puis j'ai souri et j'ai pris des photos des bêtes avant leur mort ». En lui racontant cette histoire d'abattoir, je trainais dans mes pensées, un sac de sensations fortes et une touche de désir pour ses airs de crâneuse en déambulateur. Je lui racontai comment un flic avait arraché l'oreille de mon père à main nue parce qu'une sorte de chasseur de sorcières l'avait dénoncé pour un vol qu'il n'avait pas commis. « Il est mort avec l'idée que les flics travaillaient pour le compte des puissants, et il avait raison ». Corinne ne réagissait pas. Elle se sentait sans doute gênée. Quand je parlais de mon père, j'avais une envie furieuse de mastiquer des vulves fraîches. Elle avait des enfants mais là n'est pas le sujet. Elle avait donné des gages à l'avenir sans parvenir à se départir du dégoût que lui provoquait la merde de ses petits en bas âge. Je reniflais son cou, percevant du Givenchy pourri à la sueur et au goût de son sang s'écoulant de ses narines dilatées... Comme à chaque crise, je ressentis le besoin d'expurger ma peine, ma descente d'adrénaline... J'avais du sperme sur le jean au niveau de la cuisse droite, dans le caleçon, sur le pull... J'avais aussi le sang, les bris de chair et de dents. J'étais repérable à cinq cents mètres si j'empruntais les rues dans cette tenue de boucher du crépuscule, de crapule viandarde. On a dormi dix fois, on est mort autant de fois elle et moi. On a exploré cent univers avant d'expirer. Je lui livrais la jouissance en douce, je dormais en cuillère contre elle, à même le sol...

« Avant de cesser de te transformer en affreux sac de boules molles, donne-toi du plaisir ». Je ne savais pas si c'était de la télépathie ou quelque chose du genre, mais cette fois, il était temps, il était l'heure, 38 heures que je n'avais pas fermé l'œil. Il fallait, et je le fis. Je me frayai un chemin dans la pièce noire où je l'avais ligotée... Rien de plus conventionnel que de se faire des tatouages, de se trouer avec des aiguilles, de se mettre les cheveux en l'air, d'être humaniste, égalitariste, de défendre les salariés comme les chefaillons. Il fallait être dans le moule du creux, toucher le flux des autres avec le fluide des yeux. Adhérer. Le noir de la pièce était aussi épais que du pétrole... et tout aussi mal odorant. « T'es où ma chérie ? »

Je ressemblais à l'enfant qui fait des ronds de fumée sur la vitre… J'admirais encore une fois le centre-ville bouffé par l'attaque.

Avant l'usine de prothèses, je bossais dans un garage spécialisé dans la pose de pneus, mais le patron, qui crevait les roues des voitures du coin, se fit pincer et l'établissement ferma sèchement. Il paraît que j'étais tellement mal qu'on m'a retrouvé en train de laver les fenêtres murées d'un pavillon abandonné depuis... 1986. *You Make me feel* version Somerville dans les écoutilles, je trainais dans la ville en cowboy blanc, tous les samedis. Je sais que ça n'amusait pas tout le monde et que certains auraient aimé me passer les burnes au sécateur. Peu m'importais, j'étais heureux dans ma paumée réalité. Quand j'étais à la limite d'être ivre mort, j'osais suivre la stripteaseuse sur le podium et me laisser effeuiller jusqu'à l'exhibition complète de ma verge rabougrie. Jusqu'au bout de la nuit peinte en mauve, les larmes d'angoisse qui chevauchaient mes verres de Cognac à la hip-hopeur New Yorkais, je faisais mine de mater les mecs, les toiser même, style « j'vais te démonter si tu fais l'malin ». J'étais beurré, ratatiné par l'alcool, grillé à point, pénible au point de rouster le décolleté de la serveuse avec mes yeux louches. J'eus un boulot de vigile de supermarché durant quelques semaines. La tête tronçonnée à la migraine et le corps tendu par la solitude et les variations violentes de température, j'avais beaucoup de mal à garder mon calme, viandé contre un pylône métallique, le pouce dans la poche du pantalon à pinces, je regardais chaque cliente avec envie et suspicion jusqu'au jour où l'une d'entre elles sembla me faire du gringue. Je l'approchai, lui souris, lui proposai d'aller boire un verre après mon service, mais elle refusa net, prétextant une vie en couple et un enfant. Je n'en crus pas un mot et je la suivis. C'est fou comme le désir donne des crampes à la raison. Dès qu'elle passa la porte automatique, je l'interpellai, elle tourna la tête, paniquée, puis accéléra le pas. Je me lançai à sa poursuite… jusqu'à la collision. Son corps était comme un paquet de chips plein qu'on écrase entre les mains. Elle était belle, la bouche charnue, les seins gros, les grincements de dents sensuels. Voilà, je dis, j'étais l'ivrogne à jeun à l'instant du premier verre d'alcool fort. Je bandais peu, mais assez. Elle suppliait : « S'il vous plait, pitié ». Je la fis taire pendant, pas avant, pas après mais pendant, lui écrasant le visage avec mon front. A plusieurs reprises. Elle était croquante, croustillante, apéritif jouissif. J'étais dans un autre état, celui dont on se souvient à peine, qu'on a tellement de mal à raconter si l'on est interrogé. Certains diront que le Diable avait investi mon être, d'autres parleraient de démence. Je ne pensais qu'à la justice, à Dieu quand, une fois vidé de toute ma furie dans l'entrejambe crispé de la proie, je me posais un instant, prostré, essoufflé. Instant de grâce avant d'assurer ma protection. Lui arracher les tétons, les jolis, les mâchouiller tout en recouvrant sa dépouille d'humus trempé. Je remballai mon sexe assouvi dans mon pantalon de treillis noir, je réajustai ma veste de vigile et je retournai à mon poste au supermarché. Cette absence ne plut pas à mon petit « chefton » qui me hurla à la face dans son bureau minuscule.

Les chefs étaient toujours là et pas là, ils étaient sur le dos des bosseurs par à-coups quand ça les arrangeait, en fonction de leur forfait de temps, leur liberté de dire aux autres qu'ils bossaient plus... Au fond, ils ne foutaient rien, ils « défibrilisaient » nos instincts d'esclaves en nous apportant ponctuellement des croissants, en jouant des divisions des uns et des autres, en poussant la gueulante lorsqu'on travaillait, la tête dans le rectum, décalqués par la cadence, par les jours qui se suivaient à l'identique. Je ne restais jamais longtemps à ces postes, mais j'ai pourtant l'impression d'y avoir passé quarante années de ma vie à chaque mission.

Viré, j'allai me torcher au pub. Systématiquement licencié, mais libre. Je me rappelai à peine cette femme, son visage. Elle n'était rien, un passage, un vent, une ombre. « Elle rejoindra les autres univers, comme tous les autres ». Un viatique dans la poche, la vie d'une déflorée au gang-bang. Je pensais à ces choses-là, aux rubans qu'on coupe pour dire aux ouvriers du chantier: « L'ouvrage est terminé, vous êtes viré. » Intérim, semi-esclavage, mission courte, saisonnière. Je dînais seul, je posais pour un objectif-photo qui se faisait attendre. Il y avait des invités, un beau décor, des arbres morts, des coups de poings de prétendants ivres et de papas jaloux... La vie ressemblait à une présentation officielle à la mort...

Bleu nuit sur sa vieille peau, les ombres de ces Lucifer rampant dans les tranchés de son visage. Elle avait vécu de sourires et de soleil dans la gueule. Lorsque la bise soufflait, elle « chouinait » chien méchant, chieuse finie. Je présume. On sent ça chez les gens. On le sent lorsqu'ils sont méchants, du moins lorsqu'ils sont de faux gentils, guindés dans leurs politesses élevées en éprouvette. Vivante. Sac de nouilles. Viré oui de mon boulot, et planté à une table chez Grégoire, je faisais le guet sur le monde des vivants. Je n'ai jamais eu de complexe avec le statut de chômeur indemnisé. C'est quand ils me mirent à la porte de l'usine de testicules et de nichons que je pris donc mes quartiers, café noisette, magazine de jardinage et étude prolongée des faits et gestes des mécréants de la ville. L'après-midi, j'avais les émissions pour femmes retraitées à la télé toute la journée, si bien que je pénétrais bien leurs psychés, leurs névroses, leurs obsessions. Corinne avait sans doute des petits enfants, mais quand elle se parait de son habit de déesse sous mes coups de butoirs, elle était une jolie servante, une cendrillon à la croupe tendue vers le maître, l'incendie au cul, le paravent explosé par la flatulence gargantuesque d'un gland cracheur. Et puis je n'aimais ni ceux de mon âge, ni les plus jeunes et moins encore les plus vieux. Lorsque j'avais mal au bras gauche, je me disais que je serais terrassé par un infarctus ou une rupture de quelque chose là-dedans dans le mouillé de ma viande intérieure. Cette peur maladive de la mort foudroyante, je pouvais la canaliser dans l'assouvissement de mes pulsions les plus extrêmes. C'était salvateur, joyeux, beau, ...

Durant l'entre-deux crises de l'hiver-été du chômeur, je vivais donc cycliquement, patiemment harnaché à l'espoir de trouver une issue. Une ville, aussi petite soit-elle comme le Val d'Idiots, est aussi entourée de remparts invisibles aux yeux du simple mortel mais très réels pour celui qui a les yeux au-delà des micro-vortex qui pullulent à la surface de la croûte terrestre. Je ne pouvais rien faire, juste m'isoler, péter dans la couette, courir sur les trottoirs, parfois supplier des passants pour qu'ils me sortent de là. J'étais l'idiot, l'étrange, le hurleur de la cité vaseuse. Seules mes pulsions m'extirpaient. La tension montait, mes mains tremblaient, j'avais l'orage en moi, des tonnes de mâchoires ouvertes dans les orifices, j'étais prêt, en bois, enragé, espionné. Je me sifflais alors des bouteilles de picrate rouge-noir en bombonne en plastique et je rouspétais sur la planète entière.

Ces longs mois entre intérim et chômage, je crois que je le murmurais à l'oreille de Corinne prostrée saignée dans le noir de la pièce… Je sais, je me rappelle, c'était la zone de stockage, sans fenêtre…

Un certain Jacques, pas trop méfiant à mon égard, avait accepté de me conduire au Pôle Emploi le plus proche. Quelques deniers publics, une demi-heure d'ennuis administratifs et je rentrais avec lui.

« Tu viens avec moi ce soir ? On peut choper des pépés à l'usine d'uniformes de Grandieu.
- Hum y'a de la chaudasse ?
- Oui, des ouvrières toutes crevées par la tâche. Y'a que ça, des vieilles, des jeunes, mais elles demandent que ça.
- Ah t'as déjà testé ?
- Plus d'une fois, vieux ! »

On se gara devant l'entrée principale et dès 17h00, les travailleuses harassées passèrent devant nous, l'œil globuleux, parfois la clope au bec, en tout cas les conversations flasques de fin de journée de labeur. Bien, c'était si doux encore les beaux jours. Nous en étions au milieu de l'été fumier, juste avant la fermeture annuelle du mois d'août de l'usine. Jacques, maigre comme un clou, chauve dessus, hirsute et grisonnant sur la nuque zigzaguait entre les duos et trios de femmes se dirigeant vers leurs voitures. Il était en claquettes/chaussettes, short attaché avec une ceinture pendouillant devant et un tee-shirt blanc tacheté de crasse mais ça ne l'empêcha pas d'accoster deux quinquagénaires qui s'amusèrent de ce qu'il disait. J'observais ça de loin, toujours assis sur la place passager de sa vieille Golf. Par je ne sais quels culot et technique d'encerclement, il parvint à les convaincre de venir boire un verre à la baraque à frites du rond-point des Aiguilles Vertes entre l'usine de Grandieu et le Val d'Idiots. Deux minutes de route suffirent à nous conduire sur ces chaises en plastique blanc, quatre bibines amères en bouteille de verre carrées dans la paume de la main. Je ne parlais pas. Il y avait Museline, une femme proche de l'obésité morbide, toute petite, les lèvres sur-maquillées vêtue d'une robe prune qui lui dessinait les bourrelets. Elle avait 55 ans, divorcée, quatre enfants « tous indépendants et mariés » et cinq petits-enfants. Elle était la plus bavarde des deux. L'autre typesse étant Annick, brune aux cheveux courts, voix fluette, visage fin, corps plutôt adipeux mais gracieux, habillée d'un jean, de talons, d'un chemisier. Je buvais ma bière en silence tout en la fixant. Je la sentais mal à l'aise, mais je ne parvenais pas à détourner mon regard. Ils parlaient de banalités, des beaux uniformes de l'armée, de leur amour du made in France et du savoir-faire ouvrier, des chiens, des crottes sur le trottoir, des prix du lait, des pommes de terre et des travaux de rénovation du carrelage de la cuisine. Dément. Taré. Fait main. Je m'évaporais. Sa poltronnerie m'excitait. Je faisais des gestes brusques lorsque les deux autres regardaient ailleurs. Annick sursautait en poussant une petite ovation de panique…

Une heure passa et nous partîmes vers Val d'Idiots, chez Jacques. Je prétextai un mal de bide pour les quitter devant mon domicile… Mais ce soir-là, je restai sur mon lit, dans le noir, le regard pendu vers le plafond… le temps de me remettre de cette envie puissante de saillir Annick, ficelée au pied de mon lit ou au tuyau du radiateur. J'étais au chômage depuis deux jours à peine… Mes journées m'appartenaient. Hein. Elles appartiennent à celui qui tire sur le tapis et dure longtemps.

Le lendemain, toujours vers 17h00, elle roulait lentement sur la route de campagne. Je l'avais attendue puis suivie dès sa sortie du parking de l'usine de Grandieu. Elle parqua sa bagnole devant cette petite maison où elle avait déclaré vivre seule. C'est là que je pus m'approcher rapidement après avoir jailli de ma caisse, me ruant sur sa carcasse chaude et chopant sa carotide... la mâchouillant partout et hurlant plus fort que ses hurlements... J'étais dedans, j'étais la joie, le bonheur, l'orgasme, aussi simplement que ça... J'éjaculai dans ce qui restait d'elle... sans me soucier des traces que je pouvais laisser... Il y a toujours des sorties de secours, il suffit de les connaitre... pour échapper aux argousins... J'inaugurais là ma première expérience, mon test avant exécution de mon plan. Quelques mois plus tard, l'attentat razzierait le centre de Val d'idiots. Je devenais une rivière de laideur, un canasson au pénis luciole, un ectoplasme pervers... Je ne pouvais plus calmer la salacité de mon esprit trempé et lourd comme un linge bourbeux. Je me rappelle ça, je sais c'est mal, c'est dur mais c'est inutile. Les limites sont les vortex verrouillés qui nous endiguent. Nous avons les clefs mais nous avons la tremblote, incapables de viser le trou de la serrure... Bien sûr, par la suite, j'angoissais un peu, de légers effluves de bile attaquaient ma gorge, déglinguant mes rêves et mes cauchemars, me contraignant à jeter mes lèvres sèches sous le robinet d'eau tiède et chlorée. Traiter la flotte, vivre à crédit, consommer la croûte terrestre à outrance. Les flics enquêtaient. Ils m'interrogèrent rapidement mais leur attention se focalisa sur Jacques, ses parties de jambes en l'air avec les prolétaires, les pieds pris dans le tapis de sa libido débordante. Ils ne le lâchèrent pas, s'obstinèrent, me zappèrent si bien que je me sentis plus fort, moins perturbé, plus fidèle à moi-même, mes aspirations… L'impunité de fait grandit le sentiment de puissance. Je trônais sur ma chaise, chez Grégoire et les reluquais avec un mépris non dissimulé. Tout prenait forme. Personne n'est réel, tu sais, personne n'est vraiment là. On dit qu'on ne fait que passer, mais en réalité, nous sommes ici et nulle part, dans l'instant et partout. Nous sommes des curistes de l'intemporalité et nos corps ne sont que des diapositives s'usant dans un intervalle spatio-temporel. Je comprends, je sais, chaque être croisé n'était qu'un jouet potentiel. Petit, je rêvais de figer le temps pour « toucher les gougouttes des mamans et mater sous leurs jupes ». Un truc qui resta ancré en moi, des effigies de cuirs chevelus, des marbrures de griffes acérées, grêlés de coups de poings, des ecchymoses, des entailles causées par des mâchoires stressées, … Ma liqueur séminale était ma signature. La préparation de mes missions pulsionnelles était mon contrat social.

Il me fallait simplement être transparent ou avenant, gentil même si doux dingue. Je devais avoir l'allure du meuble urbain en capacité de se déplacer. Etre poli, un peu prévenant si nécessaire mais mystérieux. Tout ça n'était autre que le costume fait sur mesure des attitudes attendues par les poltrons citoyens. Je jouais le jeu, je mimais l'être social, caméléon des relations humaines. La paillardise des curés, des croyants, des militants de petites villes valaient bien la portée méphistophélique de mes projets. Ils avaient le visage raclure des honnêtes gens, cette suffisance des patriotes collabos le lundi et résistants le dimanche. Ils étaient tous les mêmes, ils étaient néfastes, je le pensais… Ils n'étaient que des bons à rien fiers d'un portail, d'un garage en parpaing, d'une balançoire pour les gosses et d'ivrogneries familiales aussi chiantes qu'un discours atone et langue de bois... Mon territoire était le leurre... Je les pensais tantôt comme du gibier, tantôt comme des souffre-douleur potentiels. Des babioles parfois utiles à mon absolutisme éjaculatoire.

Depuis, la voûte céleste avait été broyée par le chapeau dépressionnaire... J'avais pris ma place, j'avais élaboré mon plan, je m'étais ligué seul contre la fourmilière et le dédale flippant des connexions invisibles entre les uns et les autres, les voisins, les membres d'une même famille, les chefs, les gueux, les bas, les hauts... Depuis mes postes de garde - la grande fenêtre de chez Grégoire et la petite fenêtre de ma chambre - j'ébauchais et finalisais ma grande fête nationale intérieure, mon feu d'artifice, ma célébration pétaradante de la médiocrité!

Pendant qu'ils dégoupillaient bombes H et champagne, qu'ils s'échangeaient valises diplomatiques contre valises de billets, je dépouillais, j'organisais, je saupoudrais de jouir l'imitation bas de gamme de la grosse salope qui avait gâché mon existence.

Admirer l'accident.

« Oh putain, tu sais quoi Corinne? Je suis bien là, je me sens trop bien à admirer l'accident! »... Un jour gris contrasté par les volutes de fumée noire qui s'échappaient des ruines.

J'aurais pu faire l'amour aux murs, aux meubles, aux chaises, à la vaisselle, j'aurais dû, j'aurais finalement préféré. On n'aimait plus que les objets, on n'avait plus besoin de l'autre, juste de sa face pixélisée, ses ongles affûtés filant sur l'échine, érigeant une vague de frissons jusqu'à la pine. Une brute n'aurait eu besoin que d'objets à prendre, à bousiller, sans risquer d'être condamné... Non.

Elle était là, à minauder... Quand je passais la porte du précipice, que je sautais derrière les talons de papa, je la voyais autrement, là, au sol à minauder, oh ça minaude, ça s'éloigne, ça refuse. « Combien de temps que tu t'es pas fait tringler, et tu dis non ? T'es là, comme une vieille vache agonisante et tu refuses le coup de quéquette que ton Jules t'a refusé pendant des lustres ? T'es comme ça ? J'suis pas assez beau ? J'suis pas assez PUISSANT ! ASSEZ RICHE ! Hein ? Toi t'es là, avec tes tailleurs, tes fourrures, j'te vois cligner des yeux quand je place les chaises dans la salle, quand je sers les verres de champ' mais oh tu minaudes là ?! Tu te laisses pas faire ?! Tu mouillais bien ta culotte quand tu me voyais ! J'étais quoi alors ?! » De la nuit au jour. En passant la porte du précipice, j'avais basculé de la nuit au jour dans le linceul que constituait la bruine nouvelle d'automne. Deux jours et deux nuits dans l'usine de mamelles et de roustons à baiser cette femme, ligotée, épinglée, soumise, la voix de plus en plus fluette, les hurlements presque éteints. Elle était passée des croûtes de boue et de sang, des rides profondes et du teint jaune à un visage lisse et verveux, un sourire éclatant, des cheveux velouteux blonds à brûler les rétines. Mais la puanteur qui se dégageait de ce corps, l'arrogance de ce regard, les lèvres tremblantes de haine de cette Corinne de l'autre côté me mit encore plus en rage. Elle qui avait joué avec moi, m'avait juste humilié de la naissance à ce jour-là, elle qui avait tout sucé, chaque orifice de mes aînés, elle la femme du maire, la groupie du pouvoir, elle minaudait, elle avait ce petit air suffisant, allongée sur un drap blanc à même le sol. « T'as juste envie de te foutre de ma gueule sale truie ! » J'attrapai ses cheveux d'une main et tirai d'un coup sec, si bien qu'une poignée épaisse s'en détacha. Je me mouchai dans la touffe que je frottai sur mon chibre et je m'éteignis dans la rage, bouleversé par les cris de plaisir, de douleur de plaisir de douleur d'orgasme de désespoir de plaisir de douleur… Je franchis la porte du précipice dans l'autre sens. Le jour s'écrasa dans la nuit en une fraction de seconde… Elle gisait, aspergée de mes crachats, mes jets de sperme, mes éclaboussures de sueur… Elle ne minaudait plus, elle ne rangeait plus ma vie à sa guise. Elle n'était plus qu'une poupée de viande tapissée de crasse, recroquevillée contre le radiateur, les articulations des jambes et des bras détruites.

Je n'avais pas envie de ranger ce qui restait d'elle. Je regardais les aiguilles d'une montre trouvée sur le rebord d'un bureau, un bureau bleu un peu brinquebalant, avec des stylos multicouleurs, des gommes, un rat mort séché acculé sous le cul d'une chaise en rotin et en bois massif, des traces de pieds, ceux d'un ingénieur en blouse blanche, je pense qu'il était en blouse blanche parce que je voyais encore son regard posé sur la feuille blanche de son dépit, de ce rat décapité par le coup vif porté avec la lame d'un couteau de chasse logé dans la poche de sa blouse blanche… J'étais figé devant le bureau, raide comme un troufion dans sa guérite, les gencives douloureuses du fait du vent froid qui joue des claquettes entre la moustache et la charmante fossette. La ville. Les lampadaires. Les lambeaux de fumée de l'incendie, le crachat de l'attentat qui s'attardait jusqu'au fond de la nuit. Corinne gisait, ne souriait pas. J'avais à prévenir le frelon de mari, lui sauver la vie en interrompant son inquiétude, la lassitude, la platitude de ces heures où l'on ne sait pas si l'autre a disparu pour toujours ou pour quelques heures... Bien sûr, j'avais ce morceau de crème glacée dans la tête pour me rassurer avant de me jeter dans les tentacules veineuses de la cité presque endormie. Elle avait l'allure d'une station-service mal éclairée des années 80.

Bibelots, elle était donc entourée de tas de bibelots, des cochonneries, des dorures, des bibelots, des souvenirs, ces bibelots du temps qui cesse... Des bibelots de vieille salope à la retraite, de Madame tout-le-monde assortie de Madame bien-placée... Des bibelots que j'avais envie de lui fourrer dans le crâne, un bâton de dynamite dans la bouche: BOUM! Ils ne parvenaient pas à circonscrire l'incendie. L'attentat n'en finissait pas. Nous étions au matin du quatrième jour suivant l'acte terroriste raté, et le froid, et l'humidité avaient pris place autour des grondements des hélices d'hélicoptère et des aboiements de chiens de gendarmes.

Lorsque j'étais enfant, jusqu'à la coque divine brûlée violemment par le chimique de vêtements fabriqués par de pauvres et incompétents ouvriers chinois de Taiwan à l'époque. Je ne sais pas moi, des murs, des truelles encore pour cramer des ruisseaux, et brûler plutôt que d'abuser, plutôt que de découvrir si tard la porcherie installée dans le bas-ventre paternel... Rire et crier dans le cuir d'un accoudoir, symbole, s'il en est, de la puissance du maître de maison, ses facéties autoritaires lors des repas baignés dans le silence, à peine perturbés par les slurrrppp dégueulasses d'une bouche aspirant le potage dans une cuillère... Des heures à transpirer de honte quand il accrochait le gosse par les pieds, dans le jardin, aux vus et aux sus de tout le voisinage. Le gosse du couple de gentils fonctionnaires qu'il chopait toujours en train de bouffer des fraises ou des pommes chapardées dans notre pré-carré. Je parle de mon père oui et de sa rage dévastatrice ponctuelle. Ce petit y revenait sans fin, peu inquiet de se faire dépouiller de sa dignité par la force de la nature qu'était le père, le mien, pas le sien... Le sien qui déboulait et se courbait devant la musculature du mien, détachant en silence l'enfant pour le ramener penaud, le grondant bêtement : « Je t'ai déjà dit de pas voler ! »

Ah on parlait déjà d'amour, des droits des gosses, mais alors, on faisait quoi du cadavre de la tranquillité piétiné par l'autorité naturelle d'un authentique rustre, un mi-russe, mi-allemand, une masse qui faisait trembler tout le quartier, qui se foutait bien des notes à l'école, des mornifles distribuées par un instituteur ivrogne, des rêves colportés par la télé et que tout gosse rêvait d'exaucer. J'avais eu envie d'avoir son camion américain avec la cheminée d'échappement chromée et les peintures de feu dynamique sur les flancs. C'était l'homme, la puissance, c'était l'avenir contre le danger communiste, contre les falsifications de l'Histoire par les intellectuels fainéants.

Comme je souffre encore de repenser au tas de bidoche que j'étais, qui avait grandi sous les aisselles des nourrices, écœuré de tartines au Nutella et aux berlingots de lait concentré sucré. Quelle perte de temps !

Corinne avait dévalisé mes pensées et m'avait extirpé de mes souvenirs de gosse en grognant un « maintenant laisse-moi rentrer ». J'étais effaré par le fait qu'elle veuille partir, retourner dans les jupons de son mari. Les jupons oui, car derrière tout mec viril, bien droit comme un légionnaire, il y avait ce vicelard, consommateur de shemales en douce, de travelos bedonnants ristournant la passe à celui qui jouait les maris parfaits durant les fêtes familiales.

« Tu n'as pas aimé les nuits passées ensemble ?

- Mais… si. Mais je voudrais me faire un brin de toilette maintenant.

- Je comprends, mais non. Pas maintenant. Ce soir. C'est dimanche et personne ne viendra nous ennuyer ici. Les locaux de l'usine abandonnée sont à nous. C'est tellement émouvant. Et je préfère que tu te laves dans ma maison.

- Si tu veux oui.

- Corinne, nous ne pouvons pas aller chez moi pour l'instant. Attendons un peu encore.

- Si… tu… »

Je lui souris et regardai l'horizon par la fenêtre. C'était tout de même troublant ses collants salis et déchirés, ses bras pleins de poussière, toute cette saleté. Un hélicoptère fit trembler les murs de l'usine désaffectée. Je me jetai au sol.

« Il faudrait que la femme de ménage soit plus rigoureuse. »

L'hélicoptère passa au-dessus de l'église d'où chantaient les cloches de la messe du dimanche. Une bien belle façon de ne pas s'oublier que d'aller prier, se recueillir, un jour par semaine.

Les pieds plantés dans une bassine d'eau froide, je commençai à faire des loopings avec un Carambar rose. Le goût, la blague dedans et le rire avant même de la raconter. Par terre, dans ce couloir où j'étais installé pour me tenir à l'écart de Corinne qui me mangeait les nerfs, c'était un peu comme un parterre d'hôpital avec les carreaux crème foulés par les sabots des infirmières à poils aux pattes. C'était aussi confortable qu'une jambe dedans, une jambe dehors de la couette, la bouche impeccablement hydratée et un magazine d'idioties en couleur à la main.

« Laisse-moi partir s'il te plait. Je crois que tu as eu tout ce que tu voulais. »

Oui j'avais eu le début, l'extase, la sensation de me fondre dans le foin de son pubis, dans le courant dru de son aorte, la fusion des êtres, la sensation de la comprendre plus que tout, telle l'âme sœur et les pensées similaires. Et j'avais vécu les orgasmes multiples, les fou-rires vers le plafond, ensemble, mon bras gauche enlacé à son bras droit : « Oh chérie, regarde la belle jaune, regarde comme la vie est belle » avant que tout ça ne s'estompe, qu'elle me perde et qu'elle réclame notre séparation à corps et à cris :

« Corinne, notre histoire n'est pas celle des autres, mais tu veux y mettre fin, c'est ça ?

- Je voudrais partir maintenant, hein, je voudrais retourner chez moi et me faire une toilette.

- Alors c'est ça LA VIE ! C'EST ça le cœur artificiel ! »

Je ne comprenais pas ce rejet.

« Dis-moi juste une dernière chose... Dis-moi que je suis l'homme de ta vie et ensuite tu auras une immense surprise. » Je la regardai avec calme et compassion. Un petit air de house filtrée trottant dans ma cervelle donna le rythme à la chanson que j'allais lui entonner. « Allez… dis-le. » Je lui montrai les dents. « Allez, fais-moi plaisir… fais-toi plaisir aussi. » Un jeudi noir de novembre sous le ciel culbuté en averse me revint au visage. Je touchais le tissu de mon caleçon chinois à travers le coton de la poche de mon jean. Un jeudi nocturne en plein après-midi près du bateau blanc, maison béton pâle, havre d'injustice : tribunal. « Allez, dis-le vite, j'ai des reflux dégueulasses dans le crâne. » Je pouvais en faire quoi de ces bombardements d'images qui me bariolaient les pensées ? Qui redessinait les méchantes taches sur les rideaux ? Qui couvrait les pleurs du bambin, les premières pelles saliveuses dans un bungalow, les doigts graissés par le pelage d'un poney stressé par un incendie d'eucalyptus, les câlins avec les doigts collants dans une vieille Renault 5 ? Malgré tout, je me demandais encore comment ils faisaient pour mettre KO des mecs en un seul coup de poing.

« Dans ton seul visage, c'est une galerie de portraits. » C'était l'impression que ça donnait ces expressions de plus en plus crispées par la douleur. « Il est temps pour toi de redevenir vierge. » Puis j'ai ri et la pluie... Je n'aimais que les saisons franches tel l'été ou l'hiver, celles qui gelaient les pieds et qui brûlaient les mains. Un crachin. Je sortis l'aiguille et le fil blanc. J'aurais pu grommeler dans son jupon noir que j'avais réajusté pour sa dignité... « Tu es agonisiaque baby. » Je lui écartai les cuisses et les lambeaux de culotte qui s'engluaient dans sa vulve immense, gargantuesque, apocalyptique. Entre les lèvres, j'affinai l'extrémité du fil afin de faciliter son entrée dans la fente de l'aiguille à coudre. Ses yeux étaient blancs d'effroi. Elle gueulait dans le sac plastique coincé dans sa gorge. Je m'appliquai, pénétrai la lèvre droite afin de ligaturer son sexe. Voilà, c'était comme ça. « Terminé, les prédateurs n'entreront plus là-dedans. C'est par amour tout ça, c'est pour la joie, la vie. »

J'avais rêvé d'être une fille facile quand j'étais petit garçon. Je me disais: « Fille et facile. Tous les garçons t'aiment tout de suite, alors c'est facile. Moi je suis un garçon tout maigre et personne ne me regarde, aucune fille ne veut me faire des bisous. » Sous le marabout désert écrasé par la pluie de soleil, j'attendais en transpirant le moment où Dieu exaucerait ma prière: devenir une fille facile.

Mon père donc.

Les vitres-velcro contre lesquelles son nez restait collé... Mater la neige durant des heures et rêver des boyaux dégueulés par la panse ouverte d'une grosse vache normande. En caressant les cheveux gras huileux de Corinne, je repensais à ces années où j'étais ce gamin fluet et silencieux.

Parfois, ce mur se reconstruisait devant moi... Nos mains mettaient du temps à se retrouver... mais elles se retrouvaient... Le bronzage avait perdu de sa superbe, depuis qu'on savait qu'il tuait... ... Papa était un écrivain public bien sous tous rapports, avec sa petite moustache, ses gros avant-bras, ses Richelieu et son cartable en cuir marron. Il se postait au bout du bar et échangeait quelques banalités avec Colette, décrépie, à la chevelure frisée éparse comme Edith Piaf. Mon père donc. Tout dans ce bar faisait penser aux années sombres que peu de gens avaient filmées, il avait des faux airs d'une époque révolue. Sa silhouette était élancée, ses épaules larges et ses jambes fines. Il avait de grands pieds qui lui avaient permis d'être un médiocre joueur en division d'honneur, une gloire passée qu'il étalait comme un trophée auprès des autres clients poivrots, tous plus antisportifs les uns que les autres. Les guirlandes du rade n'étaient que partiellement retirées après les fêtes de Noël. L'interdiction de fumer ou la protection des mineurs n'étaient qu'une religion étrangère fondée à Paris. Le nuage de fumée ne dérangeait personne et l'alcool était considéré comme un stimulant et un bon remède contre les maladies. Un dieu là s'appelait scorbut, un couteau bien aiguisé entre les dents, juste avant de s'abattre au hasard sur l'un des clients habitués. Jean faisait des concours de rots tout seul. Julien cachait à peine ses penchants pour les jeunes garçons. Ludo tuait le temps tout en balançant les dés du 4-21. Généralement, il jouait contre Léopold, le seul type un peu café au lait qu'on appelait *le nègre*. Sa carrure impressionnante de brute épaisse contrastait avec sa voix aigue. Qu'on l'appelle nègre ou tafiole, ça n'était pas grave. Mais que l'on insulte sa maman et il était capable du pire. Une énième prune devant lui, il ne parlait pas beaucoup.

Je ne gerçais pas des lèvres, je ne piquais pas du gland, je ne sentais pas sous les bras, je n'avais pas ces douleurs soudaines dans le ventre. Je buvais de l'eau sans cesse pour diluer le sang au maximum dans mes urines. Alors je pissais sans cesse, mais pour Corinne, je fis une exception: j'arrêtai la flotte pour ressentir de nouveau de l'envie.

Enfant toujours, au troquet avec papa, j'étais cantonné au flipper avec un Cacolac ou un lait fraise, au mieux un diabolo menthe. Eux jouaient aux dés, aux cartes, s'engueulaient. Leurs haleines de bière embaumaient la pièce. Certains disparaissaient dans les chiottes quelques minutes. J'avais aussi la vessie en feu et je me ruais au-dessus des toilettes turques, paniqué généralement, et agacé de voir des lagunes de merde et de vomis dans tous les coins, sur le carrelage et sur la faïence de l'orifice. « Fini, je range le zizi et après j'apprends à retourner à mon flipper comme à une mission ». Jusqu'au jour où une distorsion du réel entrava ma bonne humeur. En sortant de l'urinoir, je bifurquai vers le lavabo mais, en un laps de temps, un flash m'éblouit avant de m'apercevoir que mon père, armé d'un Instamatic Kodak, était face à un autre homme qui n'était autre que Ludo, torse moulé dans un pull en laine tricoté et bas de pantalon baissé. Sa queue énorme était dressée. Mon père grognait de plaisir et shootait le chibre avec son appareil photo. Je suis sûr que j'ai vécu ça, vu ça, un enfant n'invente pas ça, mais c'est tellement loin, dilué dans le cortex fatigué…

Je fus une nouvelle fois distrait de mon flashback violent par le bruit assourdissant des pales de l'hélicoptère mais aussi par les rots à répétition de Corinne avant de se vider sur le sol. « Tu as mal digéré ». J'ai souvenir d'avoir eu les mains moites et un rire rasoir à faire peur. Excusez une âme réseau tapée par messages en milliards.

Mon père parlait beaucoup de cul, d'autres femmes que ma mère qu'il semblait satisfaire. Cet épisode avec Ludo, la queue à l'air aspirée par l'objectif de l'appareil de papa n'enlève pas le fait qu'il était avant tout un féroce séducteur de créatures. Dans ma tête de môme, ces femmes-là étaient une autre dimension de l'Humanité. Il y avait celles qui marchaient lentement avec des landaus, des jeans à poches hautes sur de larges fessiers, une voix gueularde et cette acceptation d'une vie tracée, et il y avait celles que je ne voyais pas ou peu, aperçues à la télé ou en lisière de forêt, arborant des jupes courtes et du rouge à lèvres à faire drôle dans l'zizi. Les deux catégories étaient des espèces distinctes. Tout en avalant ses bières – « des Bud' comme les amerloques » - il racontait ses coups de rein, baissant parfois d'un ton quand il se rappelait ma présence. Ludo papillonnait. Je suppose qu'il avait éjaculé sur le tapis rouge du couloir des toilettes.

« J'étais là, j'lui roule une pelle à cette pute et tu sais qu'est-ce qu'elle me dit? Non? Elle me dit qu'elle veut un mec comme moi comme mari. La pute amoureuse. J'ai dit qui faut pas rêver et après j'ai fait monter au plafond la cochonne et je n'ai pas payé. »

Un jour il ajouta :

« Je mets de l'eau de Cologne dans mes cheveux avant d'aller danser au bal masqué. »

Quelque temps plus tard, en adoptant le look rockabilly, il s'assurait la paix parmi les poivrots. La banane assortie de la raie sur le côté lui offrait le statut à part de blouson noir, jean Loïs à ourlets, poing américain dans la poche et dents de devant déchaussées par le manque de vitamines B. Des soirs, il transpirait, mettait ses mains sous ses aisselles, bras croisés et il étalait ses rêves, ses cauchemars de voiture renversée, de toit défoncé par la chute, par les vents violents d'une tempête. Il soulevait sa chope et buvait une rasade avant d'essuyer ses lèvres lippues avec le revers de la main. Il s'aimait bien quand l'alcool le prenait en main. Il lâchait prise et, je le pensai longtemps, il donnait à voir sa véritable personnalité, ce sac à bander, ce rouspéteur à tâtons qui riait dans son Ricard, dans la mousse de son Picon, dans la cuvette des chiottes. La honte ne m'envahissait pas dans ce troquet-maison, à l'angle d'une rue aux maisons mitoyennes noircies par les toux de charbon des cheminées de l'usine proche. Un cratère dans l'âme, il dézinguait parfois un de ses potes, lui vrillant le nez ou lui dessinant un œil au beurre noir. C'était normal, banal au point de les retrouver le lendemain, bras dessus, bras dessous, trinquant à leur santé mutuelle. Des concours de bras de fer aux débats sur la réussite professionnelle de tous ces types sans emploi. L'envie violait l'ennui et des tonnes de caillasse me tombaient dans la tête. Je tiltais ou explosais les records. Seule fierté de mon daron pour ma personne : que je sois champion de flipper.

Corinne était enveloppée dans ses propres vêtements. Déchirés, elle ne pouvait plus les enfiler.

« Laisse-moi partir.

- Pas avant que tu t'allonges dans le réfectoire, par terre, à l'endroit où on passait tous les jours avec le plateau. 4,45 euros par personne, avec entrée, plat, dessert, boisson et le p'tit café.

- Je me sens fatiguée. »

Je fis un halo trouble sur la vitre avec mon souffle, puis je dessinai un cœur avec le bout de l'index. Le soleil n'avait brillé que vingt minutes. Je n'ai pas dit que le soleil avait brillé, avant de disparaitre et de laisser un air de désolation au paysage. Corinne était allongée dans la flaque de sang alimentée par sa vulve scellée dégoulinante. Je trônais devant elle et ça réactivait sans fin mes souvenirs de marmot merdique.

On brille quand on peut aux yeux de ses aïeux. Je visais les meilleurs scores, secouant la machine avec mes petits bras maigrelets, donnant des coups de genoux et rouspétant durement contre le reflet pénible qui scintillait au milieu de la vitre. Le flipper et ses deux boutons rouges pour contrôler le monde dedans, la ville, le Las Vegas dans lequel la boule argentée devait rester coûte que coûte, quitte à clamer son innocence dans un pénitencier étouffant dans le désert. Des couvertures qui grattaient là-haut juste avant que la boule sorte furieuse et se tape dans les tambours colorés dans un bordel sonore, d'alertes au feu, de claclaclac de l'affichage des points. Bonus, super-banco, ouiiiiiiouhhhhouiiiiiouuhhhh ! Claclaclac ! « Et la pute è m'a sucé et j'froissais le billet sous son pif à la pute. » Ouiiihouuuu ouiii ! Claclaclac ! La boule argentée malmenée remise en jeu, mes yeux roulant de la piste de démence aux croûtes peintes aux murs qui présentaient des batailles de soldats napoléoniens. C'était bien. Papa se vantait de plus en plus bourré pendant que je surclassais le flipper du rade, montait les records si haut que j'en vais à mettre les trois premières lettres de mon prénom : LEO comme un titre glorieux, le numéro international de Chez Nono du Monde Entier ! Et papa qui continuait à causer dedans son slip, dedans les culottes des dames... Je baisai Corinne dans ce chaos terrible de boules de flippers et de corps adultes s'encastrant bestialement.

Après l'avoir sodomisée, je me relevai. Corinne ne bougeait plus. Je rangeai mon sexe et je retournai à la buée de la fenêtre pour y tracer un cercle duquel j'apercevais le centre de la ville et les barrages de gendarmes positionnés stratégiquement.

Et mon père de bassiner tout le monde encore et encore avec ses exploits hideux. Fallait que je fasse un effort pour le voir nu, comme ça, avec une dame. Je pensais sérieusement qu'il fallait faire pipi dedans pour faire les enfants. Dégoûtant, je tenais la boule argentée comme un être à sauver, le maintenant dans la danse, sur la piste Las Vegas, ses rampes, ses trous à bonus, ses tampons propulseurs, ses couleurs criardes. Cinq francs la partie, dix francs les trois parties, le père ne calculait pas : « Quand tu seras champion du monde de flipper, je serai fier de toi ».

Il était temps de sortir.

Les locaux empestaient, emplis des odeurs de viande de crasse, des odeurs pestilentielles d'une nuit de folie. Ils n'avaient pas mis la main sur le fou qui avait fait ça. Pas très gai, j'en ai le souvenir, imprégné comme les dents pleines de barres Carambar. Et finalement, j'ai ouvert la porte de derrière, qui donnait sur un terrain vague. En sortant, ce vent de printemps qui soufflaient en automne depuis peu, me donna un peu de courage, de baume au cœur avant d'aller annoncer la terrible nouvelle à son mari. Corinne n'était plus qu'un tas de briques démonté, les bras en croix. Il fallait contourner la route principale, se faufiler dans ces résidences classe moyenne, fendre les jardins, les terrasses, les haies sans être repéré. Les lumières dans les salons parce que le ciel si bas, les enfants, les familles, ces êtres aussi passionnants que des singes au zoo de Vincennes (c'était ma seule référence). Les yeux pleins de pisse comme d'autres avaient le bide rempli de shit, de chips, de trouvailles grasses et sucrées. Leurs familles, leurs quotidiens, … Cette ville me sortait par tous les pores, des murs partout, un périmètre limité. J'avais décidé de ne plus être la chose, l'engin des gens, le patient des dames, le malade permanent. A la boulangerie, on me souriait, on me suivait, on m'écoutait peu, y compris lorsque je demandais un croissant en plus de ma baguette. Je réajustais mon jean, je m'assurais que la braguette n'était pas offerte aux passants, que mon front n'était pas criblé de boutons. Je faisais mes emplettes, et je parlais avec Madame Martin, amie d'enfance de maman qui tenait le salon de coiffure.

Madame Martin qui m'avait demandé de lui caresser les cuisses, au bord de l'étang, à la veille de mes quatorze ans. Synonyme d'enfreindre la loi, de lier les salives, de découvrir une femme, une vraie, la mère méchante d'un enfant autiste. Je me rappelle…

J'avançais en pensant à ce gosse qui « trouillait » à acheter le pain, donc. Je chevauchai le grillage de chez les Butan, ces souffre-douleur de la première heure, un couple sans enfant qui servait de défouloir au voisinage, et les images me revenaient en bombardant ma vue. Ils vivaient à seulement cinquante mètres de l'usine et y avaient fait carrière jusqu'à la fermeture.

Quand l'hélico grouilla au-dessus de moi, je restai tapi dans un buisson d'orties. Tu n'imagines pas la douleur, mais j'étais trempé, troué par l'humidité, les crampes, le manque de sommeil, une lucidité altérée par des flux d'angoisses de petit garçon futile. Mais je ne lâchai pas l'objectif. Dans le lotissement, tout était calme hormis des chiens qui aboyaient et les roues du biclou du facteur qui couinaient, nan, nul, j'avais été exempté de l'Armée, alors ramper m'était pénible, douloureux, surtout dans le buisson d'orties. Tiens, le coup, tu vas connaître le clou du spectacle, la clef du mystère, c'est décevant. En approchant de la maison de son mari, j'eus l'estomac qui hurla de faim, malaxé de l'intérieur par des bulles d'air, ça me fit penser que pour appartenir pleinement à un groupe de potes, enfant, il fallait péter plus fort que l'autre, pisser plus loin, dribbler, se vanter d'avoir touché des seins, d'avoir cassé la gueule d'un grand, d'un arabe ou d'un vieux gendarme. Il fallait montrer patte blanche – cauchemar – pour bénéficier du bonjour du plus con, du plus grand, du plus brutal sous peine d'en devenir la chose, l'animal traîné sur le macadam humide. Il fallait parler de foot et dire des filles qu'elles n'étaient que des putes, c'était ça. Il fallait parler comme ça pour intégrer la bande, se faire une place au soleil, au firmament de la vie sublime, se frayer une vie de merde sous la protection des pires ploucs du coin, leur donner le crédit, pour finalement devenir le rangeur de chaises, le déchireur de « ticksons » d'entrée aux meetings du parti unique, le roi des péquenots, celui qui défendait mieux le drapeau et la famille que ces repus de pognon de Paris. Tiens. C'était ça, cette ville, la triomphante, l'ancestrale, plantée au milieu de la forêt des Sauges dans les montagnes de Grenat ! Voilà, c'était ça, et quelques cartes de fidélité chez les petits commerçants commères du centre-trou. Viens, tiens.

J'aperçus la maison et ses volets clos. Sous cette pluie battante, elle sentait les grenouilles excitées et les vers de terre touillant la boue dans laquelle semblait flotter la bâtisse. Tiens. Va.

Sur le chemin qui menait à l'entrée, une voiture de gendarme était positionnée. Tout paraissait calme. Rassurant. Je pris le temps sous la pluie battante, d'observer les lieux, les issues, les voies possibles pour courir et m'échapper. Cette flotte avait nettoyé en partie le sang de Corinne qui avait taché tous mes membres.

Encore un boulot de merde.

Souvenirs en cascade. Et puis il fallait bien manger et fourmilier dans un centre d'appel avec l'estampille « Jacques, conseiller-vente pour Cuisine de Rêve. » Le combiné casque/micro vissé sur les oreilles, nous étions une cinquantaine à trimer pour arracher l'argent de pauvres clients crédules. Notre plateforme en format open-space était supervisée par le très autoritaire et avisé Gustave Gentil, le mal nommé. Trifouiller la cervelle pour trouver la bonne stratégie. Retourner la tête de l'interlocuteur : une femme au foyer, un vieux, un chômeur. « Mais nous vous offrons de régler en dix fois sans frais, avec un délai de trois mois pour le premier règlement. Ça vous permettra de voir venir et de ne pas vous retrouver dans le souci. Une cuisine aménagée, c'est une plus-value pour une maison. Vous êtes contraint de vendre ? Ah, mais saviez-vous qu'avec un produit tel que le nôtre, vous pourrez revendre votre maison 10 à 15% plus cher que son prix actuel ? » On démolissait chaque objection. Personne ne se regardait. Le brouhaha des téléconseillers étaient aussi stressant qu'une armée de milliers d'hommes piétinant l'ennemi au pas cadencé. L'imbécile de Pôle Emploi m'avait presque obligé à accepter ce poste. Je ne le sus que trop tard, mais j'aurais pu lui dire d'aller se faire foutre que rien ne se serait passé. Trop tard, le contrat signé, les promesses de Gustave Gentil étaient trop belles pour être vraies. Nous avions des objectifs géants qu'à peine 5% des salariés atteignaient. Pour un SMIC et une prime de précarité, je survolais l'univers, la vie, le train de vie, avec 1186 euros net, parvenant à vendre une cuisine à une femme qui venait d'en changer et une autre à un type en faillite personnelle. Nous leur vendions une assurance exorbitante avec l'arnaque, et notre boîte était toujours assurée d'empocher l'acompte de 35% avant même d'avoir posé le premier élément. Le bonheur n'avait pas de prix. J'avais besoin d'argent et pour ça je devais vendre l'inutile à prix d'or à des plus en galère que moi.

Bien sûr Gustave nous appelait ses « collaborateurs », nous offrait parfois les croissants, et ne manquait jamais durant le brief matinal, de mettre en avant les performances des meilleurs vendeurs. La mollesse des yeux à huit heures du matin, dans la salle de conférence/réfectoire/réunion baignée dans la lumière de néons crasseux. Nous rigolions avant le turbin, avant la bataille. J'en voulais, ça me faisait du bien de dépouiller tous ces crétins, m'assurer du beurre dans les épinards, de la crème fraîche dans les pâtes.

Ce fut un moment de pause dans les ondulations névrotiques de ma vie. Une de mes collègues était Juliette, la quarantaine, épaisse, divorcée, mère de deux enfants. Elle n'était pas jolie, pas charmante, mais elle était très féminine, coquette. Elle se donnait une dernière chance de vivre l'amour, ce genre de bêtises qui trace l'existence de nombreuses femmes modernes. Pendant que je baratinais un client, je matais ses jambes, son décolleté. Son profil de femme/mère m'attirait. Mais ça s'arrêtait là. Elle en pinçait pour Pierre Dietrich, le meilleur vendeur du service, sans cesse récompensé pour son efficacité. Il roulait en Audi et se donnait à fond. On disait qu'il en venait aux menaces pour vendre. Je n'en crus pas un mot au départ. Seulement, en observant ses allées et venues et ses techniques de vente, je compris vite qu'il avait des méthodes bien à lui. Il s'assurait de la fragilité d'un client, puis il proposait de venir le voir. Gustave lui avait fourni une voiture de fonction pour, en réalité, menacer ses clients.

Une parenthèse qui dura trois mois car je balançai Pierre en pleine réunion.

Entrée discrète dans la maison du mari de Corinne...

Le temps de partir, mais la maison allait être secouée par des typhons dingues, soulevant de la terre noire et des eaux saumâtres d'une mer à moitié vidée par l'évaporation... Ils étaient presque alignés sur la côte, sous un ciel noir totalement apocalyptique, tu sais, comme cette luminosité lourde dans laquelle on est plongé quand on dort. J'étais à quelques mètres du maire et fier mari de Corinne.

Là aussi, avec mon casque, comme auparavant devant le flipper, je m'évanouissais debout, débilisé par ces films intérieurs de replis. Le sable se mélangeait aux boues et les vacanciers vautrés sur la plage étaient avalés par le ciel furieux, les vents crevards... Il fallait partir, il était temps, mais ces typhons dingues secouaient la maison, ravageaient le grenier, déformaient la cave. La viande plaquée contre des lattes de bois folles encore attachées aux parois par un ou deux clous tordus. A chaque fois que la paluche paternelle me refusait un geste de tendresse, qu'elle battait l'air avant de s'abattre sur mes joues, je bifurquais d'un coup dans la maison secouée, la journée des tempêtes. J'y étais, trimballé par la peur, courant de pièce en pièce, les pieds nus trucidés par des échardes, des couvercles de conserves tranchants, des milliers de clous sur le plancher ébouriffé par les secousses sismiques. En pénétrant dans la maison par la véranda entrebâillée, je résistai à l'assaut des mouches et je me refusais, encore, à être de nouveau aspiré par les pinces fermes du maître des tempêtes. Il fallait pourtant y aller, mon corps me l'ordonnait. Et quand j'entrai dans l'espace sombre du salon plongé dans l'obscurité, je commençai à sentir le vent léger qui prévenait de l'arrivée des typhons dingues.

Tiens. Viens.

Annoncer à un homme que sa femme avait fait le choix d'un autre homme n'était pas évident. J'en avais conscience. Les vents frôlaient mon corps, des cris me parvenaient des plages. Encore une fois. Avec beaucoup de discrétion, j'avais échappé aux gendarmes. J'avais la voie libre pour réaliser ma mission, remettre de l'ordre dans la vie. Corinne m'avait offert cette nuit inoubliable. J'en convenais, les conditions avaient été surprenantes mais que faire lorsque la tendresse s'abattait sur soi ? C'était comme ça, indiscutable, impalpable. Accroupi derrière un gros fauteuil en cuir, j'inspectai les lieux, curieux de connaître l'issue la plus proche pour le rejoindre. Sans doute dormait-il. Peut-être s'angoissait-il dans un endroit de la maison, attendant désespérément le retour de sa moitié. Figé, j'eus quelques instants de doutes. De mémoire. La tempête était toute proche, la main paternelle jouait le ventilateur, les typhons dingues soulevaient le continent, les gendarmes en embuscade cessèrent de se récurer le nez et de surveiller, l'œil mi-clos, la main molle sur le gun. Ils sentaient la présence animale, la mienne. J'étais sûr qu'ils allaient débarquer. Ça me donna envie de chier, de cracher cette salive sèche qui remplissait ma bouche, de tuer mon cœur à coups de couteau tellement il me faisait battre les tempes.

Ils avaient l'air emmurés par leurs morts... ça m'étouffait, ça me brisait, ça m'empêchait de vivre comme je le voulais... Il fallait bien que je me débrouille pour me débarrasser d'eux.

Le diagnostic dont je suis le héros.

L'idée n'était pas de les faire souffrir, mais de les expurger de leur vie, les rendre à leurs fantômes, et me laisser libre de regarder un monde sans Hommes, moi seul, libéré de leurs querelles et de leurs maltraitances... Tous ceux que je croisai, gesticulaient, des souffles au cœur hurlant dans mes bronches. Corinne, son mari, les autres, je ne souhaitais qu'une seule chose : qu'ils vivent en paix, qu'ils…reposent…en…paix.

Tout ça s'explique. Je déroule encore et en flux tendu mes souvenirs de gosse.

Après une soirée de défonce complète, mon père décida de m'attraper par le col du tee-shirt et de me sortir rapidement du bar. Les ivrognes nous regardaient médusés. L'un d'entre eux tenta de demander où nous allions, mais mon père le calma: « Ta gueule, t'occupe. » Dehors, le froid pinçant ravivait les joues. C'était une nuit de ville-fantôme avec les buissons qui roulaient dans la poussière. C'était la maison du croque-mort juste après le saloon, l'abreuvoir pour les chevaux et la 4L blanche garée dans l'ennui d'un parking vide. « Monte. » Le siège passager était mou mais une barre métallique dans la mousse cassait la raie des fesses. Franchement, je n'en menais pas large. Le père démarra, se dévissa le cou pour braquer sur moi ses yeux injectés d'alcool et de haine. La belle nuit aux reflets d'enfer promettait donc d'être à la hauteur de mes pires trouilles. Une voix sans corps parle désormais, mais j'ai le souvenir des crispations de mes muscles, des troupeaux de spectres blancs bleus traversant la départementale, slalomant dans la forêt épaisse. J'avais envie de lui demander où nous allions à vive allure, le cardan bruyant de la voiture indiquant qu'il la poussait au-delà de ses limites. Nous nous éloignions de la ville pour grimper sur le Mont Javier surplombant notre vallée. Ça n'était qu'un coude rocailleux qui émergeait de la touffe boisée, scintillant légèrement sous l'effet de la lumière blanche d'une pleine Lune qui apparut d'entre les nuages. Des gouttes inondaient encore le pare-brise que les essuie-glaces peinaient à évacuer. Il posa sa grosse main sur ma cuisse frêle et me dit – sa voix rauque à peine audible couverte par le hurlement du moteur – sans me regarder : «On va aller se poser quelque part toi et moi. Il est temps ». La nausée graillait ma lucidité. Des ruines de pensées, un sas étroit où me faufiler. Me frayer un chemin. Mouliner de l'air avec les petits doigts crochus, crispés, efficaces comme des porte-clefs à la ceinture. Un mousqueton d'articulations, d'os et d'ongles. Le souvenir du corps s'écrit, se savoure comme des petits oignons, des moules sautées à la poêle. Pire… comme des draps doux affleurant.

Le souvenir de l'épiderme.

D'une rugosité presque sensuelle, sa paume se promenait sur mon genou. Ce geste paternel presque tendre me pauma dans mes sentiments avant que la pression provoque une douleur vive. Il appuya l'index dans les tendons, écrasant un nerf ou deux au passage. Il me fallut ravaler un cri. Et de l'autre main, il maniait le volant sans trop de difficulté malgré la dureté d'une direction non-assistée. J'avais l'impression qu'à chaque seconde les roues avant allaient se barrer ou que le moteur enragé allait exploser. « Tu vois, les collines comme ça, c'est taillé par Dieu lui-même pour rappeler à chacun qu'il est le pilote du monde. C'est juste un bouton noir sur la croûte terrestre, mais si tu presses, t'as le jus du Seigneur qui te gicle sur tout l'corps. » L'ivresse composait dans sa bouche des phrases parfois sublimes. Quand il se saoulait, c'est à dire chaque jour, il croyait en Dieu… mais Dieu taré qui tirerait les cheveux des filles dans le fond de la classe, qui crèverait les pneus des gens honnêtes devant chez eux, qui pisserait dans le bénitier en faisant un bras d'honneur au Jésus de pierre, qui se maquillerait les lèvres, ferait le tapin sur le bord de la route et qui, au moment de sucer la verge du client, se redresserait et le sermonnerait sur l'état de saleté de son gland. Un dieu que l'on ne priait pas, que l'on n'invoquait pas, mais qu'on invitait à trinquer et à boire jusqu'à plus soif. Sa foi se mesurait à sa connerie. En lui, des hordes de profanes devaient se friter avec des armées bien rangées d'anges grassouillets et porteurs du message divin. Les cuites juxtaposaient les grommellements d'abruti avec les éclairs de génie. Son dieu travaillait à la chaîne pour un salaire de misère, restait des heures dans des chiottes célestes à pousser contre une constipation passagère. Dieu n'avait jamais construit de salons luxueux, trop miséricordieux, icône du « monde des prolos ruinés ». Il me caressa les cheveux lentement, fermement mais avec de bonnes intentions malgré l'alcool mauvais… et ma main imita cette caresse sur la nuque trempée aux cheveux blancs collés de l'homme endormi. J'imitai la même puissance et peut-être aussi la maladresse, le délicat des doigts butant sur des raideurs nerveuses de son cou. « Réveille-toi, j'ai quelque chose à te dire ». Mais il continua à ronfler. Je le laissai donc encore un instant, porté par ses rêves, dans cette chambre noire, humide, à l'odeur tenace de poisson frit.

Mon père sortit de la 4L et marcha tout droit. D'abord, je le suivis du regard. Dans la lumière presque aveuglante de la Lune, sa silhouette massive se dessinait, ses épaules avachies lui donnaient une apparence fourbue. Un buisson roula derrière lui, taillant la clairière en une seconde et disparaissant derrière un rocher. Ce vent tirait sa gabardine vers la gauche. Il avança encore puis se figea, les bras soulevés. Discrètement, je sortis. Je fus immédiatement bousculé par une bourrasque. En le rejoignant, je m'aperçus qu'il surplombait le vide. C'était magnifique. Son visage que je finis par voir de profil, était désaxé par un sourire dément. « Tu vois, là devant nous, c'est le monde de la nuit où Il trône. Il est là, planqué dans la forêt, et Il nous regarde avec beaucoup de clémence et de bienveillance ». Je ne bougeai plus. J'avais le vertige. Mon foie, mes intestins, ou quelque chose de ces viandes-là, me faisaient mal, m'obligeant à m'accroupir afin de réfréner une diarrhée foudroyante. Je me dis sérieusement que son Dieu était en train de me terrasser parce que je n'avais pas cru ce que me disait mon père.

« J'ai pas toujours été tendre avec toi. Avec ta mère non plus, avec personne. J'ai toujours voulu le meilleur, mais je n'ai fait que tout gâcher. Tu ne sais pas mais on n'apprend pas à être papa. Les médias disent qu'il faut faire ci, ça, qu'on est ingrat si on ne câline pas, si on met une raclée. Je sais pas si ils disent vrai, mais je sais aussi qu'ils sont que des voix dans la télé, des lettres dans le journal et que ce n'est pas eux qui savent remplir un frigo sans niveau d'instruction. »

Je tentai de me relever mais je sentis que j'allais faire sur moi et là, en quelques secondes, le monde-viande, mon monde fut secoué par le séisme.

« Même si j'avais suivi le bon chemin, j'en serais encore là, à rouler en 4L, à traire des vaches à Vallée-Le-Tilleul, à te regarder dormir en me disant que tu ne sers à rien à ma vie, que l'idée d'avoir une descendance, quand on n'a pas d'héritage à transmettre, ça sert à rien, que dalle. »

Il se pencha vers moi, m'embrassa le front, se redressa au bord de la falaise et se jeta dans le vide à l'instar d'un aigle filant à toute berzingue vers sa proie invisible. Une ride se dessina instantanément entre mes yeux, un sillon profond semblable à celui qu'il creusa dans l'air lors de sa chute.

La nostalgie, c'est quand on a réussi quelque chose dans sa vie.

… me répétait un chefaillon quand j'étais magasinier-cariste. La philosophie des sous-chefs, des managers comme ils disaient, c'était aussi agréable à entendre qu'une craie dérapant sur un tableau noir. Néant. Craintes. Envie furieuse de biscuits secs, de choses sucrées, de machins gluants. Ça manque la texture d'une mixture.

On assomme aussi un homme qui dort et pas que… je pouvais aussi sourire à l'homme qui dormait, je pouvais cracher sur l'homme qui dormait, je pouvais chanter une berceuse à l'homme qui dormait, son corps plié dans les buissons, contre la rocaille, recroquevillé sous la couette aux ronflements puant l'ail... La confusion des présents, leur chevauchement, leur fusion. La partie droite de son visage était intacte et j'y passai le bout des doigts et je laissai des larmes exploser sur sa peau. Je crois que les gendarmes n'avaient rien entendu, ils étaient toujours ailleurs les gendarmes, ils ne traversaient pas les villages qui sentaient le fumier, sur les bancs, des vieux viandes voyaient les bagnoles passer sans commenter, s'imaginaient sans doute que les gens de la ville vivaient comme eux, distribuant des lettres de corbeau dans les boîtes de tout le quartier, dénonçant les sous du voisin, la mini-pute d'ado qui refusait d'obéir aux ordres. Je ne sais pas. Ça vous mange l'âme de trainer dedans, n'être plus que les mêmes souvenirs en boucle. Rêver d'éternité, c'est ça, alangui dans le réseau, les trous de mémoire comme seuls congés de soi. C'est si cyclique, si cynique, spectaculairement douloureux.

J'avais quitté le salon plongé dans l'obscurité pour rejoindre la chambre conjugale. Le mari ouvrit l'œil et se figea brutalement : « Me faites pas de mal ! »

J'écrasai sa bouche avec ma main moite. « Ta gueule... C'est moi. J'viens pour te parler de Corinne. »

Son air interrogatif m'amusa. J'avais posé une lame sur sa gorge « sinon je tranche, sinon tu bouges, sinon je tranche, sinon je te dis pas le secret qui va te soulager. » Un volet claqua. Le vent faisait son œuvre.

« Sinon je tranche, sinon tu bouges, sinon je règle ton compte. »

Il resta allongé recroquevillé sur le côté.

« Il faut que je dise quelque chose. J'avais envie de mettre un beau costume pour te parler, mais j'avais pas ce qu'il faut, il fallait que je parte tôt le matin, à l'heure de la fraîche, avant que la mycose soit de nouveau douloureuse. C'est assez difficile pour moi de te raconter tout ça. Pour moi aussi le mariage est sacré, ce n'est pas permis de le briser, et pourtant ça arrive, ça peut parfois se détériorer comme une machine rouillée, une vieille gueuse de bestiole en ferraille enrouée par le temps, la marmite du temps, le ronron de l'usure. Tu es un homme bien a priori, tu as fait du bon boulot, tu as essayé de faire de ton mieux, je pense que tu penses être utile, que tes actions sont saines pour ta famille, la collectivité et le pays. Tu aimes croire que tu es un bon époux pour Corinne et un excellent maire pour notre trou à rats, notre cher Val d'Idiots. Tu ne doutes de rien, même avec tes yeux pleins de pisse ! Tu doutes de rien,   tu t'affiches avec le sourire pour les photographes et puis tu fais la gueule à la maison, à caresser ton gros chat allongé sur tes cuisses. »

Il respirait très fort, presque violemment, au point de se démettre une côte flottante, quelque chose de ce genre-là. La lie des glaces dans la tête. Mes yeux se firent à l'obscurité comme dans une salle de cinéma lorsqu'on arrive en retard. J'eus de nouveau la rangée de typhons dingues qui apparut sur la plage derrière la vitre. En quoi étaient faits mes iris ? J'eus les mêmes tremblements que lui :

« Ecoute-moi bien, j'ai pris ta femme pour maîtresse, puis je l'ai prise pour la savourer. Tu entends ? Hoche la gueule pour dire oui. »

Il fit.

« Elle n'en pouvait plus d'être l'effacée dans le coin de l'estrade, le pantin qu'on prend par la main pour faire bien dans les flashs des photographes. Elle méritait un peu plus d'attention, elle avait besoin que tu prennes soin d'elle, que tu ranges ta vie pour t'occuper d'elle plutôt que faire tes V de victoire à la con. Tu comprends maintenant ? Il y a toujours des conséquences hein... Il ne faut pas jouer avec quelqu'un à qui on a fait des promesses. Mon père – oui j'ai eu un père moi aussi – disait qu'il faut toujours s'en tenir à la première cuillerée de bouillie reçue quand on se prend une rafale de baffes. »

Des baffes dans sa joue, des baffes rythmées, pas saccadées, dans la jolie obscurité, dans le silence salutaire, dans la proximité angoissante des gardiens de son temple. Sa chambre était assez grande, située à l'étage. J'avais tâtonné un moment avant de découvrir l'endroit où il créchait. Dans le prolongement du salon, il y avait une salle de vie coupée en deux par une longue table en bois massif, encerclée de chaises lourdes. Malgré les ténèbres, j'avais distingué l'atmosphère kitch et bourgeoise de la maison. J'avançais courbé pour ne pas risquer d'être aperçu, ramper parfois, m'accroupir quelques secondes et repartir. Prendre une grande inspiration pour calmer des palpitations cardiaques puis reprendre ma progression lente. Je craignais par-dessus tout qu'il déboule là où je me trouvais, qu'il hurle, que ça alerte les gars à l'extérieur.

« Les chiens font pas des Ford T et encore moins des 4L, ça, ils nous l'enlèveront pas », disait le père.

Même pulvérisé, sa voix, ses mots, ses phrases tranchantes taillaient la route en moi, martelée à l'infini par cette putain de mémoire, le vécu tatoué dans les blurps électriques des synapses.

« Je donnerais femme et enfants pour connaître le goût d'une vulve princière. »

Ç'avait été à peu près les seules histoires de princesse qu'il m'avait raconté avant de dormir, la face molle, rougeaude, baveuse du bonhomme qui se croyait lucide, pertinent et peut-être même père modèle. Je voulais allumer la lampe de chevet pour que ces clichés aveuglants de souvenirs ne viennent pas perturber l'instant. Mais éclairer la pièce signifiait aussi attirer l'attention des gendarmes.

« Faut pas qu'on reste là. L'obscurité est oppressante, et il me faut plus de lumière pour te parler. Lève-toi. »

Il bafouilla : « Je ai nu je veux pas nu. »

Je compris sa gêne et l'autorisai à prendre un bas de pyjama tout en restant plaqué contre lui, la lame du couteau appuyée sur sa pomme d'Adam. Je ne savais pas très bien ce que je faisais. Je craignais qu'il m'en mette plein la vue, j'avais peur d'affronter son regard de mec important, de chef, de meneur, de maire. Chaque jour, il cessait sa vie sur le pas de la porte, les pieds dans des chaussons chauds, zombie sueur devant ses chaînes télé de sport. Corinne cessait de vivre sur le pas de la même porte, dès que le premier pied foulait le sol du dehors, simple femme flanquée d'un fichu traînant sa patte-chienne derrière son monarque de mari. « ... et ses émoluments de presque matrone, je me les suis mis dans les poches pendant qu'elle avait la croupe tournée ». Très bien. Il était indécent d'en rajouter. Ses grelottements m'irritèrent dès nos premiers pas dans le jardin à l'arrière de la maison. Les gendarmes étaient postés de telle manière qu'ils ne pouvaient pas nous voir. Ses dents claquaient, foutaient un bordel qui m'obligea à lui carrer un tacle derrière le crâne. J'aurais dû lui enfiler un gilet pour éviter cette consternante posture de chien mouillé. Après le jardin, nous sommes passés par une seconde porte, minuscule, presque une trappe, qui menait à la cave, notre petite chapelle, notre refuge pour échanger sur ce grand événement qui bouleversait nos vies. Puis nous avons emprunté l'escalier hélicoïdal qui menait dans l'estomac chaud de la maison. Ses pieds étaient gros, au trot sous l'impulsion de la pointe de la lame, il avait la consistance d'un flan. L'endroit était un beau bordel, un espace encombré par une accumulation de livres, meubles, fauteuils, bouteilles, etc.

« Alors c'est là hein? C'est là que tu viens pour montrer le sale veineux perdu que t'es, ta gonelle sans le mépris cireux du gars de pouvoir. Un bricoleur de vents hein? Tu es l'homme, la posture, avec tes grosses voûtes plantaires, tes jeux de langue entre les dents pour virer le grain de raisin coincé. Tu as raison, les sinistres comme moi sont un danger pour toi. »

Il pleurait/ravalait... Je passai la main sur sa joue pleine de poils râpeux afin d'essayer de le rassurer, le sortir de ce terrible abîme d'angoisses. Son visage baigné dans la lumière malade d'une unique ampoule, me répugnait totalement. Tiens, viens. Si quelques années plus tôt, il avait écouté, regardé ses enfants, ses petits-enfants, qu'il avait tondu lui-même sa pelouse, dressé ses chiens, fait cuire les chipos sur le charbon de bois, s'il avait rangé son fusil dans l'armoire, s'il avait ouï-dire le lent déclin de la ville, des bastons de nuit, des viols incestueux dans les maisons. S'il avait croisé mon chemin, vraiment, s'il était entré dans le bar et s'il avait dit : « Maintenant ça suffit, tu rentres et tu vas coucher ton fils ! »… Mais rien. Je l'avais à portée de main, là, avec ses yeux gonflés et rouges, sa manie de se momifier dès que je lui disais de taire ses sanglots. Mon intention n'était pas de lui faire du mal. Je n'ai jamais eu l'intention de faire de mal à qui que ce soit. Quelque part, j'étais aussi bon qu'un prophète silencieux : divin qui ne servait à rien.

Dans les premières années de ma vie, pousser le caddie dans le Cora neuf de la périphérie avait mis en transe tous les ploucs/zombies des cités ouvrières avoisinantes. Nous-même étions complètement béats devant les caddies clinquants, le parking aux belles lignes blanches tracées, la devanture en taule et en acier qui feraient rêver un homme de Néandertal. Aussi sublime que l'Arizona, aussi fascinant qu'un petit pas dans l'autre monde martien. L'harmonie des éléments, des objets, des pensées. J'avais à retrouver l'équilibre en lui révélant l'horrible vérité. « Ta femme... Non, je ne peux pas... Je te dirai plus tard ». Par soucis de sécurité, je lui scotchai les poignets autour d'un tuyau apparent collé à un frigo en panne. Je baissai son froc et je l'enculai. Il hurlait rauque, tentait de se débattre avec ses résidus de bras musclés. Je lui envoyais mon poing dans le visage, en rafale sans cesse d'aller et venir. C'était une cascade d'eau fraiche, un littoral caressé par une brise douce. Mes coups de rein rimaient avec bonheur.

Avant de fermer la porte au sommet de l'escalier, j'humai l'air frais et humide qui venait de la pelouse luisante sous le clinquant de la Lune. Un début, viens. « C'est comme si tu as la fièvre. Parfois, j'me dis que je passerai des mois sur les toits à tuer le temps en regardant les gens fourmis du bas. En attendant, tu vas rester là pendant que je vais faire les courses, hein? ».

En sortant, j'avais un goût de vomi dans la gorge. Des mouettes hurlèrent par-dessus et je remontai ma braguette avant de me vautrer derrière une haie de thuya au cas où l'un des képis traînerait dans le secteur. Et c'était effectivement ce qui arriva, viens. Tiens. Il parlait à l'un de ses collègues dix mètres en arrière...

... et se dézippa à un tibia de moi, urinant bruyamment tout en gueulant: « Et dire qu'on s'fait chier ici alors que Bruno s'tape le magnum de Champ' bien au chaud avec sa poufiasse ». Je restai étalé au sol, suant à grosses gouttes, glissant un peu sur la droite du fait du gluant du sol. Quelques gouttelettes claquèrent sur ma joue. Il rezippa, rit, sembla gonfler son torse et s'éloigna vers la voiture estampillée « Gendarmerie ». Il était 8h12 à travers la buée de ma montre *Mickey*. Les gendarmes ne m'avaient vu partir de la maison où les fantômes dansaient, tout autour de mon homme ficelé. Je devais rejoindre le supermarché Leclerc pour y acheter de la nourriture. Pour ça, je passai par le petit bois qui longeait la rue Jean Jaurès. L'automne/hiver n'aidant pas, j'étais partiellement à découvert et chacun de mes pas risquait de signaler ma présence. Le tapis de feuilles crevées craquait si fort sous mes talons. Saloperie. J'étais à quelques centaines de mètres du supermarché.

Punir les honnêtes gens.

Juste après la mort de mon père, personne n'avait fait attention à mon absence, semblait-il. Un tas de tarés chantait derrière, dans la maison. Ça trinquait et ça jouait les bites à durcir, ça tabassait la fragile et ça prétendait baffer Ali, ça belottait et ça re-belottait et ça s'enfumait. C'était l'univers des papas, des grosses mains, de l'esprit de famille décoré de guirlandes, de boules et de chiasse de non-dits. Durablement, j'avais tellement peu de respect pour eux que je ne laisserais rien passer. Le mien s'était jeté dans le vide, sous mes yeux, et tous ces porcs ne peinèrent plus à vider leur fiel sur sa dépouille bâtarde... Le matin même, on avait foulé son corps d'une tonne de terre, on y avait planté une croix en béton, on y avait déposé quelques couronnes de fleurs fraiches, puis on avait fait mine de prier, mine de pleurer, mine de croiser le fer avec les yeux. C'était une cérémonie des diables autour de l'ange odieux suicidé. Point de larmes hein, j'avançais dans le cortège et plus précisément, en tête, avec cette pancarte blanche sur laquelle était écrit : « Pour mon papa que j'aime ». Ç'avait été une idée de mon oncle Patrice, le frère aîné du paternel, un homme qui, socialement, était souriant et avenant. Dans le cortège, donc, des tics dans les doigts, j'avançais et les entendais chuchoter, presser un chagrin quand le journaliste local venait prendre un cliché de cette famille « réunie dans la douleur ». Ils formaient un bataillon lent de mains sèches, de lèvres pincées, d'hypocrites à moitié bourrés par le pot d'accueil organisé avant la mise en bière du macchabée. Des dires murmurés aux sous-entendus insistants, la fratrie triomphait dans le sordide.

Toutes les familles ont des secrets minables et pas forcément un cousin bouffeur de pute ou une frangine séquestrée dans un grenier. J'ai longtemps cru à un rêve, un cauchemar pas désagréable: une maison bien à lui, au daron, qu'il avait tenue secrète, loin des velléités de ses proches. Une sorte de baraque, si on se contentait de regarder la devanture, mais qui, en réalité, était un château des monstres. Son existence fut mise à jour devant un notaire austère (à ce que ma tante raconta, c'est qu'il avait cette énorme mèche folle et fragile rabattue sur sa calvitie pour tenter de l'atténuer), et presque immédiatement, les cancrelats couvrirent les gueules de tous ceux qui pouvaient prétendre à leur part du gâteau. Des couineurs dégueulasses qui étaient capables de bouffer la guibolle de leur bambin pour en extraire un lingot d'or. Tiens. Viens.

C'est précisément le lendemain de la mise au jour de cette propriété secrète qu'on m'annonça l'hospitalisation de ma mère et mon « apatriement » chez mon oncle et ma tante. Rongée par le cancer, je n'aurais l'occasion de la voir qu'une seule fois. Son crabe était du genre virulent, foudroyant. Je ne m'étalerai pas là-dessus mais une chose est certaine : en pénétrant dans la nouvelle chambre chez mon oncle et ma tante, là, au fond du couloir long et obscur, je savais que j'allais dormir et jouer à jamais dans une lumière verte enserrée dans un filet métallique. L'image est ainsi, c'est plus saillant, c'est plus représentatif, réel, joli. Car une vie peut se vivre par couches. Je restai tapi dans les buissons, contre le sol trempé par mon pipi et la pluie battante, à observer les allées et venues des bagnoles dans le parking, enveloppé par le souvenir de ces jours jouissifs où je m'échappai de la maison d'accueil, le traquenard familial. Mon oncle était mon parrain, il était donc contraint de m'accueillir, à bras velus gras musclés grands ouverts, me présenter un lit, un bol de chocolat chaud, une nouvelle école, ses chiens et la soupe au sang de tata. Une tuerie pour qui veut se vider, maigrir à vitesse grand V, finir en confiture de nausée. Je n'avais pas eu le choix, dès mon premier repas, ils m'avaient quasiment fourré la cuillère à soupe contre la langue en m'ordonnant d'avaler l'immonde. Une soupe au sang, spécialité polonaise qui datait des années communistes et au-delà, cuisinée par la mère ou la grand-mère de tata (Je ne sais plus et alors ?). Sa mère, son père, sa grand-mère, ses cousins, sa sœur « trisomiquée » 21 qui venaient en Lada, tous les étés, en juillet, pour faire le plein d'huile, de sucre, de farine et de babioles occidentales : du Coca, des cotons tiges, des draps housses, des moules à glaçons, des cahiers d'écolier, un radiocassette à piles ou encore des slips à élastique. Pour moi, ils étaient aussi civilisés que les horribles abrutis des séries comme Thierry La Fronde ou ce dessin-animé qui m'avait rendu malade : Le Livre de la Jungle. Ils étaient grossiers, idiots, émerveillés par des banalités, et le plus affreux chez eux, c'était qu'ils étaient des êtres humains du bloc communiste.

La maison secrète de papa.

Mon oncle/parrain, « mon tonton » comme il aimait que je l'appelle, était aussi chargé de gérer mon héritage jusqu'à ma majorité. Je n'en savais trop rien, je ne faisais pas attention à ces choses-là, à cet âge-là, mais je remarquai tout de même ces comportements étranges, ces achats compulsifs soudains : un manteau en fourrure, des sorties en discothèque, une chaîne hifi dernier cri, etc. Leur train de vie à grande vitesse, leurs faces pleines de dents en or. J'en ris. J'en pleurs.

Alors je suis parti. J'ai rempli mon cartable Superman avec mon dentifrice à la fraise, ma brosse à dent, des slips, des chaussettes, un tube de lait concentré sucré et une tablette de Galak.

Sur la maison du papa, mon héritage en friche, juste au-dessus de la porte d'entrée, il y avait un écriteau : « A vendre ». Je passai par le côté droit de cette bâtisse minuscule, comme légèrement effondrée sur elle-même, toute en bois sombre taché de mousses vertes et de lichens. C'était donc là qu'on avait caché le lait, les angles, les reins, les poings du fou, qu'on avait offert de furtifs moments de paix. Je l'imaginais vautré dans un fauteuil de pierre sirotant des bières en admirant un champ d'orties fanées. Des fesses lourdes, la salive liquoreuse, la sueur sucrée. Je l'imaginai. Je posai mon baluchon sur le sol en béton de la petite pièce vide où j'avais atterri. Le goût pâteux dans la bouche et le ventre douloureux, je m'accroupis dans un couloir sombre pour me vider. Parler, des heures. Avancer. Au détour d'une cuisine exiguë et d'un nouveau couloir noir et froid, j'entrai dans une salle immense au plafond voûtée. Un trône en bois massif. Un cercle de pierres tout autour. Et des statuts monstrueuses, des bêtes aux têtes d'acier, de cerfs armés de cornes molles, des hurlements, des odeurs de chèvre, des étoiles au plafond, des mains jaillissant des murs, des sculptures effrayantes et des centaines de bouteilles vides, de feuilles froissées noircies de mots, des dessins de bestioles rigolardes, des bougies entamées, des chandeliers argentés, des piliers effondrés. Il s'agissait du cœur de son empire, le centre de tout, sa république planquée, ses souhaits, ses rêves, ses ivresses infinies. Quand il disparaissait, il venait là, dans cette maison. Mon cœur palpitait, comme maltraité par des salves de coups de poings invisibles. Les ruines, c'était moi, c'était mon état. Son chez-lui était là, loin de ce que j'avais connu, loin des troquets puants, des engueulades avec maman. C'était là, avec ces seringues, ces litres d'alcool, ces clopes fumées les unes derrière les autres. Je pris place sur le trône et j'attendis. Il ne faisait pas complètement noir. La voûte était percée de lumière, rendant l'espace plus immense qu'il n'était. C'est certain hein, c'était ça, c'était une rencontre. Je continue. Viens. Tiens, prend ça : j'eus la tête comme tirée en arrière, les paupières fermées de force et une voix énorme aux cordes vocales rocheuses : « Tu fais quoi là ?! Tu veux un câlin hein ? » Je tentai un hurlement mais la main énorme de ce bœuf m'en empêcha. Une pichenette sur la joue et je me tus.

« Tu viens là, coquin et après tu veux plus ? Non mais oh le coquin, c'est pas bien hein de venir ici hein ? »

Il lâcha son emprise. Je n'avais pas encore vu son visage, mais ça ne me disait rien. Je commençai à pleurer chaudement, paniqué, à grosses larmes, avec le hoquet caractéristique du chagrin mêlé à la colère. Je voulais qu'il me laisse partir. Je voulais me lever et m'en aller. Il puait le fromage trop fait et le tabac à rouler. Un type furieux comme sorti en têtard géant d'une lagune imbibée des eaux d'égouts :

« Mais qu'est-c'qui te prend d'te sauver comme ça ?! »

Je me disais qu'il s'agissait de mon père revenu de l'au delà avec ses baskets avec le scratch, la marque Noël, le short qui faisait les guibolles maigres et poilues, le sweat-shirt bleu ciel. Mes yeux étaient des radars et me servaient à regarder loin pour l'oublier, à me concentrer sur ces quelques statues massives en pierre qui pullulaient.

« Je vais te couper une main comme ça tu pourras t'en servir pour te gratter le dos. »

Dans la maison monstre, le froid était pinçant. Je remarquai qu'il n'y avait pas de fenêtres, un peu comme si nous étions en sous-sol. Je regrettai d'être là, pris au piège, je m'en voulais d'être idiot, d'être désarticulé par cette sorte de zombie puant qui s'affairait contre moi, un petit cafard gentil au pays des non-amis. Il continuait à m'appeler « petit coquin », il venait d'une autre époque, d'une autre dimension, d'un cataclysme. Tonton m'avait donc retrouvé, m'avait fait mon affaire avant de me ramener chez lui. Les souvenirs s'arrêtent ici.

L'Eden des victuailles, des graisses, des sucres et des couches culottes.

Je décidai d'entrer dans le supermarché Leclerc lorsque tout le monde serait parti. Il y avait une entrée par derrière, là où un vigile accrochait son con de chien. Il me fallait reprendre mon souffle. Il me suffirait de me faufiler, de gravir quelques marches à pas de loup et me glisser dans l'entrepôt, l'Eden des victuailles, des graisses, des sucres et des couches culottes. Je connaissais bien l'endroit. Je le dis, je fis plusieurs inventaires pour mettre du beurre dans la casserole vide et une mission intérim en tant qu'employé de libre-service. Un type comme moi, aussi héroïque et imprenable soit-il, se devait de grailler, trouver la pitance pour assouvir la viande. Et puis je n'avais pas l'intention de laisser le mari de Corinne dans cet état de suffisance. J'annoncerai plus tard la raison de ces pensées chiffonnées. Quoiqu'il en soit, il était scotché dans la cave, m'attendait, tentait sûrement de se détacher, d'hurler… Mais j'avais la main, la technique pour l'empêcher de se barrer. Tout ce que je prendrais au supermarché pourrait nous permettre de tenir un siège des gendarmes et des têtes dures d'élite.

C'est à coups de barre en fer rouillée que j'assommai le vigile. En m'approchant, doucement, il se tourna vers moi et me fixa, me reconnut et me salua :

« Bonsoir. Tu fais quoi par ici à cette heure-ci ? »

Il vit la barre dans ma main si bien que ses yeux s'azimutèrent au point de provoquer un léger vertige.

« Ne vous inquiétez pas, je ne fais que passer. Le shérif de la ville m'a dit de passer ici. Une tripotée de rats dégueulasses serait à l'œuvre. »

Il ne comprit pas très bien le sens de ma phrase, mais il se détendit. Durant quelques secondes, il se contenta de mon mensonge. Il baissa la garde. Je soulevai la barre et lui explosai la gueule d'un seul coup sec. Son nez déguerpit de son visage et laissa la place à une sorte d'éponge fibreuse et vibrante imbibée de sang. C'était assez joli. Je n'avais pas eu le choix. Toute la ville était en alerte depuis l'attentat. Les forces de l'ordre étaient en quête du ou des coupables si bien que je risquais à tout moment d'être chopé. Ça et la disparition de la femme du maire les mettaient en transe. Tu sais tout se mélange, des marmites de cauchemars réchauffés, des litres de songes bordéliques, des flashs de plage en Sardaigne, de troupeaux de mères en manque transpercées et fuyant de partout. Je le déshabillai rapidement. Le chien aboyait alors je découpai un mollet du type et le balançai à l'animal qui se moqua bien que ce soit un morceau de son maître. Il s'en empiffra sans attendre. Ce berger allemand était sublime, y compris mort. Lui aussi eut droit à son coup de barre. Je pris plaisir à l'éventrer pour y retirer le mollet mâché du vigile. Ça, c'était fait. Bien sûr que ça paraît violent, mais à bien y réfléchir, c'était aussi fascinant. Sans attendre j'entrai dans le supermarché uniquement éclairé par les loupiotes des sorties de secours. A l'intérieur, le silence était perturbé par les ondulations de la structure en taule et en acier et un ordinateur autonome qui pilotait le vaisseau durant le sommeil de la ville. Au petit matin, le directeur et sa garde rapprochée viendrait ordonner à la bécane de se mettre en veilleuse jusqu'au soir suivant. Les vitres des portes d'entrée seraient nettoyées par les employés de la caste inférieure, puis le gros des troupes, les caissiers et les caissières se mettraient aux commandes de leur rame.

Je ciblais les boîtes de conserve. J'entassai dans un sac de randonneur de soixante-dix litres, de quoi être tranquille pour quelques jours, le temps nécessaire pour que les vents violents nettoient l'air vicié. J'en profitai pour prendre du dentifrice, du savon, de l'essuie-tout, des gants Mapa, une paire de chaussettes, deux serviettes et une bouteille de Coca Zéro. Avant de partir, je fis une prière au Dieu Nouveau, maître des caddies, des crédits et des produits industriels. J'avais pensé à tout. Ne me manquait plus que du courage.

Au ralenti façon rue d'un ghetto de Chicago.

Mon père m'avait dit, un soir d'ivresse : « Ils m'ont proposé de faire un don de la rétine, mais j'ai refusé. Ensuite, ils m'ont laissé sortir sans me poser de questions »... Je n'ai jamais compris le sens de cette phrase qu'il me répéta encore une fois quelques semaines avant sa mort. La misère des viandes. Mes parents tentaient de jouer le couple uni devant moi mais, vous savez, on n'enquille pas le sens de l'observation d'un môme comme ça. Ils s'évitaient dès que mes yeux tournaient. Il « colérait », parfois frappait la porte de la chambre à coups de poing, des pieux plantés dans le corps comme le magicien, une trouille en plus et les lumières éteintes. Pendant qu'ils diffusaient Casimir, je coupais les ailes des papillons, les pattes et les ailes des mouches, et surtout je défonçais les chats à coups de poing derrière un coussin pour ne pas laisser de traces.

Le sac était lourd et l'hélicoptère avait repris sa ronde survolant la ville. Profitant de la nuit, je repris le chemin du retour avec toutes les précautions pour ne pas être repéré. Un chevreuil passa en rafale devant moi, deux trois voitures avancèrent au ralenti façon rue d'un ghetto de Chicago. Je décidai de prendre par le petit lac, en faire le tour pour contourner les phacochères en képis. Une femme blonde fantomatique traversa le rue pile à l'instant où je franchis une haie d'orties. Mes mains tremblaient… En passant le buisson où le gendarme avait pissé, je jetai un œil sur la voiture de patrouille qui stagnait toujours à une encablure de la maison… Dedans, il y avait du chauffage, de précieuses heures à passer tranquillement installé et une révélation désagréable à faire. Après je n'aurais rien d'autre à foutre que de regarder des dudules défiant la gravité dans des émissions de singes, des imbéciles pullulant dans l'écran et tentant de cuisiner des plats médiocres plutôt que faire comme moi : sucer l'os puis le ronger.

La neige se mit à tomber alors que j'approchais de la petite porte. Le bois était fragile et trempé. Lentement, j'appuyai sur la poignée en tentant de ne faire aucun bruit. Je voulais que les gendarmes et Dieu ne m'entendent pas. Il fallait que je sois parfaitement isolé dans la maison pour accomplir mon œuvre. Il y a du bonheur à se fa briquer un territoire. Les volets étaient fermés, les rideaux tirés, les lampes éteintes et pourtant j'allumai celle du salon. C'était cossu, confort, bien rangé sans poussières. J'allumai la télé et je zappai rapidement, évitant les chaînes d'info et les grosses conneries d'émissions de divertissement. Un débat avait lieu sur France 5 concernant le réchauffement climatique. Important sujet, aussi important que le gras de porc dans le pot-au-feu dans les années 30. J'aimais ça, c'était assez amusant de les voir s'engueuler, échanger, jouer les spécialistes. Le temps ne manquait pas, je pouvais enfin me poser et écouter leurs guignolades, une enfilade malsaine de vérités assénées. Savaient-ils au fond qu'ils se plantaient sur toute la ligne ? Le monde ne disparaîtrait pas, l'Humanité non plus. En revanche, des petites victimes fauchées par des éclats finiraient parfois sous forme de déchet dans la chaîne de production de l'Histoire. Le canapé était confortable. Un meuble bien mou où je pouvais me gratter les cuisses sans me préoccuper du regard des autres. Ils étaient tous d'accord pour dire qu'il y avait urgence. Ils me faisaient penser à ces gens de classe moyenne qui se promettaient chaque année de faire un don au Téléthon, au Sidaction ou à la Fondation Saint-Truc. A chaque fois que je regardais les « experts » s'échiner dans l'écran de télé sur le sujet glaçant du réchauffement, je les imaginais une heure plus tard, dans un taxi pétaradant, « flatulant » son carburant sous forme de fines particules. J'avais envie d'appeler l'émission et poser la question centrale pour un tel sujet :

« Et après, benêt, es-tu prêt à rentrer à bicyclette ? »

J'allai dans le frigo et attrapai quatre canettes de 1664 bien fraîches. Ce vieux falzar aimait les bonnes choses, et je comptais bien en profiter. Comprenez bien. On ne ressort pas en un seul morceau d'un territoire emprunté comme celui-là. On ne prend pas ce qui ne nous appartient pas sans conséquences. Tôt ou tard, et même si vous jouez au rusé ou au malin, les erreurs de calcul mettent votre équation à mal. Bien sûr, j'avais la précision de l'horloger en moi, la justesse du coup de boucher. J'avais aussi les bons versets et les bonnes prières pour assurer un rituel parfait. Rien ne devait être laissé au hasard. Les experts parlaient et je réfléchissais. Puis je rangeai les victuailles volées au centre Leclerc.

En suivant une certaine logique, il était évident que les diurnes seraient remplacés par les nocturnes, puis les nocturnes par les diurnes. Alors, ils comprendraient que quelque chose clochait. Ils s'inquiéteraient et se manifesteraient afin de s'assurer du bon état de santé de mon hôte. Mon hôte, je le considérai comme ça désormais. Je grattai ma cuisse, j'enfilai la bière et je zappai sur une émission littéraire qui m'ennuya instantanément. J'optai pour des dessins animés, pour me bidonner, me taper la fesse dans le moelleux accueillant du canapé. Avant d'aller le rejoindre, je sortis ma queue et me branlai rapidement afin de virer le surplus de nerfs, pour lui épargner quelques pincements de peau, des pichenettes et des regards de méchant. Il n'avait pas besoin de ça c'te ruine, il devait encore être protégé de la foudre, rester bien au chaud dans le douillet de mon pli de bras. Je lui avais déjà mis de bons coups quelques heures plus tôt. Sois patient, tu vas comprendre.

En éjaculant, j'eus l'image sublime d'une montagne blanchie par un nuage de cendres. Jouir me donnait soif, une soif cérébrale pure, comme si mes synapses jouasses avaient besoin d'être lubrifiées à l'huile de coude, un vrombissement taré dans les canaux cérébraux, tiens, viens, je le vomissais ce vieux truc. A genoux sur le tapis bleu, j'avais la lumière verdâtre de l'écran qui m'enveloppait. Tiens, viens. En me relevant, mes jambes-coton trimballèrent ma carcasse soulagée dans la cuisine, in le frigo, les doigts dans un bocal de compote, la bouche tartinée de beurre et de mousse bièreuse, et la langue tachée de piments incendiaires. Tricot de mains mélangées dans le coccyx pété du baiseur repu. Je sifflai une boutanche de vinasse, un Nuit Saint-Georges abandonné entre les produits de nettoyage sous l'évier. Ma viande revivait, je me sentais de nouveau invincible, de nouveau excité. Quelques coups de tête dans le vide réajustèrent mes cervicales, un morceau de cake chocolaté acheva de tuer ma faim. J'étais prêt pour la suite…

Dans la chambre conjugale, un énorme poster d'une adolescente prise dans le flou par Hamilton surplombait un lit immense couvert par un couvre-lit marron. Jingle décoratif bourgeois. Tout était cossu. Pot pourri d'aménagement intérieur d'un temps que les moins de cent ans ne peuvent pas connaître… Je connaissais bien l'endroit, je crois. J'entrai dans le dressing avec la certitude que le bonheur allait me submerger. Les talons de Corinne dans les mains, je savourais, m'imprégnais de ses milliers de pas, de ses hanches presque cassées par ces échasses, échafaud pour les chevilles. Elle en avait connu des mains, des poilues, des trapues, des mains qui l'avaient caressée, palpée de partout, fouillée jusqu'aux muqueuses, et en un claquement de langue, elle avait sûrement cassé sa nuque en arrière, chargée d'électricité, brisée à coups de chibre. Elle avait connu, elle avait goûté des salives avant la mienne, après celle de son mari, elle avait gobé et réajusté des compositions florales au pot d'accueil d'une bande de communiants. Elle avait touché, peloté, sucé, savouré. La chambre puait encore ses parfums, sa toison, ses sueurs, ses rêves de pousseuse de caddie, de miss locale en soldes. Sa race ! Ses dents plantées dans l'épiderme du cou, ses ongles cramponnés à la peau du cul ! Elle en avait pris et sa croupe s'était livrée pour rien aux caprices gluants… Qu'est-ce que ses yeux avaient vu dans les tronches des prétendants ? S'ennuyant en nuisette de soie, elle avait ouvert sa maison, ses cuisses. Elle avait tout offert aux heures creuses. Des crimes se préparaient, mais rien ne l'arrêtait, elle voulait qu'on la soulève, qu'on la mène aux sommets, qu'on la démolisse à l'orgasme. C'était ça, c'était encadré, des petites photos de son petit-fils, du mariage de sa fille. Je trimballais mes doigts sur le bord de la commode et m'imprégnai de ces bombardements de sensations, la façon de peindre les lèvres et de se sentir belle, centrale, désirée. La bête gérait la gente avec ses touches truandes de féminité. Elle avait rangé les couverts selon les codes de bonnes manières, et dans les chiottes, la jupe tailleur relevée sur les hanches, elle avait laissé trimer le pue de la gueule, l'aviné torché à l'apéritif. Son homme, les mains épaisses levées au ciel, haranguait la foule à l'occasion de la venue du Ministre des Bouses, le Secrétaire d'État à l'arrestation des mobs pétaradantes. Les disciples du monarque local, des crasseux, des simplistes applaudissaient à s'en rompre les poignets, et pendant ce temps, elle déformait la cuvette des chiottes avec ses grosses fesses, les valises pendantes de l'amant se trimbalant au gré des à-coups. Viens, tiens. On savait ça quand on rangeait les chaises dans les meetings, quand on avait, une fois extirpé du sommeil, maté les orgies dégueulasses de tous ces bonhommes. Vous comprendrez, vous saurez, vous ne me jugerez pas mal, vous comprendrez que parfois, au fil d'une vie, le passage à l'acte devient inévitable. Je parle de Corinne, et je parle de son mari. Je pourrais tout aussi bien parler de mes parents, des voisins, dans ce patelin, tout le monde avait un rôle, une place bien définie, et celui qui sortait du chemin se voyait attribuer le titre de pute, de salaud, de minable ou d'ordure.

La guirlande jaune du désespoir.

J'étais donc enfermé dans la maison du maire, avec ce vieux croulant croupissant dans la cave, chaque pièce à ma solde, chaque recoin à mon service, chaque objet sous ma coupe. Personne ne savait rien de ce huis-clos. A la télé, il parlait d'un fuyard, d'un périmètre de 40km carré, de centaines de gendarmes, de policiers et de volontaires ratissant les campagnes environnantes. Personne ne songeait encore à venir chez le maître de Val d'Idiots, le monarque prétentieux des lieux, le cheval de traie de citoyens moutonneux.

Les hommes jouaient avec les femmes, et les femmes les laissaient faire, leur donnaient leur dose d'acide. Un salsifis coincé entre les dents, il lui roulait un patin, j'imaginais tout ça, dans le coin sombre, juste derrière les plantes. On aurait dit un Quartier de Haute Sécurité avec espace de travail pour taulards non-rémunérés, hackant pour le compte de grands patrons américains à la JR Ewing. J'ai vu ces petits-robots esclaves quelque part... Toutes ces mains humaines qui ont contribué à la construction de ces petits êtres froids au service de nos sociétés post-services... La guirlande jaune du désespoir, les

« suiveux » croupissant devant un demi à 7h30 du mat' au bord du zinc, l'œil pisseux, le pif « cratèreux », la face rouge et sillonnée de rides, des dents souvent pourries ou souvent remplacées par des dentiers. On avait fait usage de leur viande pour fabriquer de grosses machines à plaisir, des bagnoles, des trains, des injecteurs d'eau sous pression pour décrasser des piscines, des tubes de shampoing et de dentifrice, de tentes igloo et des frigos avec congélo intégré, le tout pour une retraite de quelques kopecks, quelques lires, une femme-spectre et des gosses qu'ils ne voyaient jamais. Là-dedans, mon père était un roi charismatique, flamboyant, tapant l'épaule des camarades à l'instar d'un monarque guérissant les écrouelles. Parmi les « polacks » et les « ritals », il faisait office d'autorité naturelle du « souchard », paradant devant ses troupes d'éclopés bourrés avec la prestance d'un général conquérant. Ah, il en avait du courage, de l'intelligence pour un petit gradé de la Fonction Publique, les poings serrés de haine sitôt rentré à la maison, en pleine nuit, la bouche pâteuse et l'œil torve. Il puait la baise et la bagarre, tel un chien qui se barre et qui va sauter toutes les chiennes du quartier. Il se faisait parfois les nerfs sur ma mère tellement la culpabilité était grande. Pour se nettoyer de ses chasses à courre, il mimait le mauvais coucheur, balourdant des tonnes de reproches sur sa mie pour camoufler ses propres erreurs. Il en avait sûrement gros sur la patate, vrillant intérieurement au point de perdre pied et de ne plus sentir la vie. Un ventre dans le slip, une poche alcoolique dans le bide, il ne pouvait que fuir en avant, s'évertuer à échouer puisqu'il était trop tard. Le ciel finissait par ne plus se lever, des nuages chargés assombrissaient l'avenir. L'image est pourrie, la tournure est attendue, mais qu'est-ce que je peux proposer d'autre ?! C'était ça, bien ça, c'est ainsi que les choses se sont déconstruites depuis le départ, à l'orée d'une vie, sur la ligne brisée. Déjà, tu ne me juges pas comme ça ! Déjà, tu ne commences pas avec tes pauvres conclusions de celui qui pense savoir. On ne vient pas du jour au lendemain à la destruction d'un autre… si tel était le cas, alors des millions de gosses, tout juste dressés sur leurs jambes auraient déjà massacré une partie de leur famille. Dans ma tête, la trouille se mêlait au dépit, aux images de décapitation et aux épisodes paradisiaques de voyages dans des mondes. J'y reviendrai un jour, garde bien ça en mémoire, martyr des mots. Le père au matin avait l'air fourbu, désolé de son double de la veille au soir. Tout roulait comme ça, entre crises et excuses, entre violences et pardons…

… jusqu'à ce que mon esprit d'enfant sonde certaines anomalies.

L'esprit de village mêlé aux canardages d'images télévisuelles corruptrices rendaient les rapports humains à la limite de l'irrespirable. Je zappai sur une chaîne 100% TV boutique et je commandai les produits par téléphone (Un Wok « révolutionnaire » et ses spatules en bois et un robot-aspirateur). Devant moi, l'ordinateur portable était allumé mais je ne me sentais pas encore de me balader sur les réseaux. Seule la page d'info du *Parisien* était ouverte sur l'attentat. Ils n'avaient pas grand-chose à en dire sinon que « le ou les auteur(s) » n'avaient pas revendiqué leur action. Bien sûr, le Ministre de l'Intérieur avait balancé son « nous ne laisserons pas ces crimes impunis et nous pourchasserons ces terroristes sans relâche », les uns et les autres élus balançaient leur discours sur l'insécurité, sur les fondamentalistes qui remettaient en cause la concorde nationale et tout le tralala habituel. Ça m'amusait, ça m'agaçait, ça me donnait envie de m'empiffrer de sucreries et d'alcool. L'acide sonore me désaxait les yeux, j'avais mis une de ces radios locales qui balançaient des sons électro corsés, s'enfonçant dans l'échine, des clous plantés dans le cortex. L'animal ressemblait au chien en peluche qui hochait la tête sur la plage arrière de la R16 jaune daddy, dedans l'envie de vomir, la fumée de clope, la ceinture de sécurité qui ne servait pas encore, les ronds de cuir, le radiocassette et le désodorisant infect. Les engueulades non-stop de péage en péage, d'aires d'autoroutes aux chiottes pue-la-vieille-pisse. Un bras crasseux, nous dormions sur le bord des routes, nous campions dans les forêts de pin et d'eucalyptus, le cagnard et le sable bourrant les narines d'une merde noire, sèche, traversée de rivières gluantes. La musique tapait, mangeait les tendons, triait la viande, le gras, les muqueuses et les tumeurs, pendant qu'au télé-achat-boutique, on toquait à la porte avec la valise pleine de crédits, le body-minceur, le fil à couper l'beurre relié au Bluetooth, au Wifi, aux fesses silicone de Madame et des rêves de Miami, le VRP sautant de l'écran, sur le canapé cuir vert et qui faisait risette avec ses dents dures bien blanches, sa facilité à faire tourner le porte-clefs Kangoo autour de l'index, les rêves de plage, les tentatives de plonge à s'étouffer avec le tuba, le VRP qui vérifie les canines de l'acheteur, la musculature de ses bras, le poids de ses couilles, qui soupèsent la glotte, écrase les bouclettes de tifs entre ses doigts pour finalement proposer l'offre du siècle : «Un épilateur de cheveux, une seringue aspirateur afin d'éliminer les zones tuméfiées du cerveau, de mettre les dépressions de côté « avec cette magnifique tablette 9mm à vous carrer dans la gueule. C'est révolutionnaire car, grâce à ses applicatifs validés par les plus grands groupes pharmaceutiques, elle vous permettra de cesser de bosser, d'avoir votre propre planète, vos piscines, vos mains lisses, propres, une sexualité de tueur ! »... Les coquillettes beurre jambon, les heures sous le soleil sans crème à s'en garantir des colliers de tumeurs autour du cou pour plus tard, la risette encore du VRP de la télé, la mélancolie du jambon beurre coquillettes, les engueulades au péage « mais t'as mis où mon porte-monnaie bordel ! T'as vu l'prix ? On aurait dû prendre la nationale j'te dis ». Donc, un pneu qui crève, un moteur qui crame, des parents qui se foutent sur la gueule et la croûte terrestre raclée jusqu'à la couenne mais la télé qui vend, là, toujours opérationnelle, en boucle, affichant ses panneaux publicitaires non-stop au point qu'on en devient livide, le petit garçon perdu dans les rayons du supermarché où la ligne d'horizon et un déferlement de packagings, de promesses, de panneaux colorés, de caissières androïdes dodelinant de la tête devant de bipbip de la douchette, du rayon infrarouge qui décrypte les code-barres puant, tiens, viens... J'avais en mémoire ce jour où ils s'embrassèrent amoureusement devant moi. C'était aussi suave et gênant qu'un steak visuellement appétissant mais à l'odeur faisandée. Une crispation dans les doigts, des lèvres qui se mélangèrent, une crise de crampes dans le bide, je partis en courant, choqué de voir mes parents se trimballer les fluides l'un dans l'autre. « Dégueulasse ! ». Je zappai sur des dessins animés gnangnan sur Gulli avant d'aller me faire chauffer un café. La fascination pour les couloirs sombres, le petit garçon qui n'osait pas regarder sous son lit, qui pétait à travers le matelas pour tenter d'asphyxier le monstre dessous. J'aimais ces couloirs parce qu'au bout de ceux-ci, il y avait toujours des bastons de formes, des silhouettes confondues les unes aux autres. Au bout de chaque couloir glauque, il y avait une promesse : la peur. Les murs bougeaient, le sol était mouvant et au bout, les cris, les mouvements de corps fuyants. J'ouvris les yeux. J'étais confortablement assis sur l'un des fauteuils du salon, télé éteinte, une tasse de café vide à la main. Je m'étais assoupi.

L'arrière-boutique de nos vies. Naître condamne à mort ?

Corinne avait été une belle femme et des molosses l'avaient souvent convoitée. On peut aussi venir après la bataille et prendre sa part... J'y reviendrai.

Vers l'âge de 11 ans, je me rappelle, je pensais que nous allions au championnat de dragsters en Belgique pour y voir des champions. En réalité, c'était surtout l'occasion pour mon père de boire comme un trou, de parler de cul avec des potes et de disparaître un moment en « arrière-boutique » avec une « grosses-gougouttes », me laissant seul acclamer les tarés pétaradant sur la piste bitume. Les machines dingues enchaînaient des courses en solo ou en binôme. Des gars gluants huaient, braillaient, encourageaient des pilotes qu'ils connaissaient plus ou moins. C'était bien, sous un cagnard terrible, l'ambiance baignée dans les odeurs de frites et de chipolatas grillées était exaltée, puissante, incompréhensible parfois. Des types se battaient. Disons que dans ma mémoire, j'avais encore ces bastons entre des supporters ivres. Il régnait une atmosphère survoltée. Les absences de mon père me troublaient sans pour autant m'empêcher d'en louper une miette. En short et sandales, tee-shirt à patch de dessin animé apparent, je levais mes petits poings et mes bras maigres vers le ciel bleu. Tiens, viens. Papa revenait violacé, couvert de sueur, joyeux et coupable à la fois. C'était un beau bonhomme que ses potes adulaient.

« Alors comment c'était ?

- Putain vos gueules les mecs, y'a mon gamin. »

Ils riaient, se tapaient sur les épaules et reprenaient l'invective pour pilotes de dragsters. En rentrant, il me souriait et me balançait toujours cette phrase sèche comme une menace :

« Tu diras rien à ta mère hein. »

Et c'était comme ça, sans cesse. Les semaines suintaient l'arnaque, le mensonge. Nous empruntions les routes départementales, très sinueuses, traversant des forêts immenses. Malgré mon très jeune âge, j'avais la certitude qu'il ne fallait pas virer ça de mon esprit. Tout comme j'avais stocké quelques rêves étranges dans ma mémoire, je gardai ça précieusement dans l'arrière-boutique de ma vie. La sienne semblait bien mal foutue, chaotique, pleine de trous et de tentations tristes. Il essayait de me faire rire quelques fois en me chatouillant. Mais un type bipolaire et à la vie si morcelée n'inspirait pas confiance, même à son fiston. A tout instant, il pouvait passer de la joie à la colère, aussi néfaste que l'humidité crasse qui bouffe les murs d'une maison. Il me mangeait l'âme avec ses tentatives désespérées pour être un bon père. Il se ramassait mes torgnoles psychiques dans la trogne, trimant avec ses blagues foireuses et ses grimaces ridicules. Il m'arrivait de le détester en cachette, si bien que je lui dessinais un beau sourire au milieu d'un de ses sketchs avant de m'assombrir totalement. Il paniquait, s'enquérait de mon état, et sombrait. Au volant, ses réactions changeaient sa conduite. Il prenait les virages plus sèchement et freinait brutalement. Je ne le savais pas encore, mais il m'emmenait à ces courses de bagnoles uniquement pour trahir ma mère. Mes souvenirs sont morcelés, mais tout ça est très clair, aussi clair que le goût d'un Cacolac bu à la paille au Grand Bar d'un village-vacance à l'âge de 11 ans, aussi clair que ces premiers moments d'impuissance à l'adolescence où je sortais blême des toilettes après avoir tenté vainement de me faire bander. Aussi clair que cette nuit passée avec Philippin, un fantôme-nain qui vint me hanter une nuit d'hiver à l'âge de 15 ans. Aussi clair que ce copain qui me fourra une main sous son tee-shirt et qui me fit peloter ses pectoraux pleins de graisse en me répétant en boucle :

« Vas-y, touche mes nénés, vas-y, touche mes beaux nénés. »

Aussi clair que ce jour où je sortis d'une DS blanche crème garée devant la maison démon de mon oncle et ma tante. J'y reviendrai sûrement. C'est sûr. Tiens. Viens. Vide-toi ou vire-moi dans une poubelle toute proche. Ne triche pas. J'avais le droit d'être à la place du mort. Le tableau de bord me bouchait la vue mais je voyais défiler les arbres, rouler la Lune de droite à gauche et de gauche à droite, voler les monstres de nuit avant que la voiture se gare devant chez nous.

« Nous sommes arrivés, et n'oublie pas, tu ne dis pas à maman que je t'ai laissé seul dans les tribunes. »

En cachette, sans doute parce que mon instinct de marmot était très développé, je tentai de conjurer le sort en arrachant des poils de mon chien Berlin. Il était très gentil et docile avec moi, capable de supporter mes maltraitances diverses, y compris les pincements de couilles que je lui infligeais. Les poils, c'était un peu comme conserver un morceau de la bête pour moi. Je les fourrais dans la gueule d'un ours en peluche. Il s'agissait d'offrir un peu de la vie du chien à ce compagnon synthétique. Lui offrir des mouvements. Lui donner une chance de se mouvoir. Lui construire une existence, « comme ça tu seras comme les vrais ours mon nounours ». Berlin poussait des petits aboiements de douleur et sortait parfois les crocs sans jamais s'attaquer physiquement à moi. Très vite, je compris que ses poils ne suffiraient pas à réactiver la peluche. Cette dernière aurait pour mission d'empêcher cette chose angoissante de se produire. Je ne savais quoi exactement. Pas encore. Attend. J'en vins à passer mes mercredis après-midi à guetter des mouvements dans le jardin. On me laissa seul. Ma mère déprimait devant la télé ou elle se laissait bercer par les morceaux de Sardou qu'elle adulait. Elle était une mère capable de faire à manger, de me border dans le lit, de me chanter des comptines et de pousser la balançoire. Mais elle ne pouvait en aucun cas me donner ce dont j'avais le plus besoin : faire naître des soldats fidèles capables de me protéger des assauts du monde, celui des méchants parasites, des camarades de classe qui crevaient les yeux des géants. J'y reviendrai. Si bien que je finis par élaborer un piège. Et ce piège, c'était moi, accroupi dans un coin du jardin, l'œil précis et la main armée d'une pelle. Je guettais dans l'obscurité, ours maigre en quête de nourriture, j'avais l'œil perçant du samouraï, du super héros. Ça puait la guerre, fils, les obus fusaient au-dessus de nos têtes et les gars tombaient comme des mouches. J'étais posté tel un sniper, flinguant ces ennemis avec la précision nécessaire. Dans la tranchée, on entendait les copains pleurer, gémir. Patrice, le robuste champion de foot, rampait avec une guibolle arrachée. Bruno, le plus grand de la classe, le chef de la bande des mousquetaires, avait le ventre ouvert, ses boyaux se déversant sur le terreau du jardin. J'étais dans mon élément, silencieux, ne répondant pas aux « A table ! » de maman. Elle pouvait bien s'inquiéter, car l'essentiel, c'était d'anéantir l'ennemi, ces milliers de monstres assaillant le lit, battant la campagne sur des chevaux squelettiques, coupant l'air avec leurs sabres de Dark Vador et de chevaliers teutoniques. Ça sentait la viande saignante cuite par un soleil saharien. Ma pelle s'abattit brutalement sur un rat long et gris. Après une vingtaine de tentatives sur plusieurs jours, je parvins enfin à anéantir cette saloperie avec le tranchant de mon arme de fortune ! Il gisait là, sanglant, la plaie ouverte sur tout le côté droit de son corps déballonné. Immédiatement, malgré mes onze ans, je fis le nécessaire. J'enlevai le contenu de son corps avec la pelle puis je l'écorchai. Ça puait et ça déclencha une série de vomissements. Mais finalement, j'avais ce qu'il fallait pour virer le mal de ma chambre. J'enfournai la peau poilue et grasse dans le bide de mon ours en peluche avec les poils du chien, avant de le placer sous mon lit.

Au fil des jours et surtout des nuits, le repoussoir à monstre fit preuve de son inefficacité. Au fond du long couloir, ça hurlait de plus en plus, et dans les meubles de la chambre, ça grattait encore, ça donnait des petits coups, ça tentait de sortir des murs. Je laissais ma lampe de chevet allumée, mais ça n'y faisait rien. Des milliers de bestioles, de terrifiantes choses avaient élu domicile dans les parois, dans le sol, le plafond, les tuyaux. Sitôt bordé par ma mère et bercé par ses chants, j'attendais le bon moment pour déguerpir de la chambre. A vrai dire, durant les premières nuits, ça n'allait pas mais ça passait. Ensuite, les odeurs de rat mort finirent par tuer les tentacules, trouer les narines, brûler les mains. Ma mère demanda à mon père de chercher la cause de cette puanteur, mais il était encore très occupé à se sauver, sans doute pour baiser une de ces femmes mariées esseulées du quartier. Quand la maison était calme, que sa populace adulte roupillait fermement, j'allais dans le salon pour me blottir contre Berlin le bon chien-chien, en sécurité. Avant même que mon père ne soit levé, j'étais réveillé. Il me découvrait errant dans le salon, pensant sans doute que je n'étais qu'un petit garçon délirant. Ce qu'il ne savait pas, c'est qu'instinctivement, je sentais les odeurs caractéristiques du sexe imprégné dans sa peau. Vous me croyez ou non, je le sentais, ça humait aussi fort que le rat mort qui pourrissait dans l'ours en peluche, ça étincelait, ça jaillissait de sa peau brunâtre, ça dégoulinait invisible mais là, par tous les pores. Tout est encore parfaitement clair dans ma mémoire. Elle est infaillible maintenant. Elle est gravée dans les mondes. Il m'attrapait et me balançait dans mon lit avant d'aller se doucher.

« TU DOIS DORMIR DANS TON LIT ! PAS AVEC LE CLEBS ! »

Une fois la porte fermée, les dizaines de vouivres et d'hydres grattaient dans les murs, murmuraient des saletés, pleuraient, ordonnaient, grimpaient à toute vitesse vers le plafonnier. Dans le noir total de la chambre, j'avais les courants d'air de leurs mouvements agacés qui touchaient mon visage. Sous la couette, j'attendais qu'ils se jettent tous, toutes griffes dehors, sur mon petit corps impuissant. Pour tenter une ultime fois de les repousser, je pissais au lit, certain que l'odeur de mon urine les ferait fuir. Comme le rat mort, ça fonctionna durant quelques nuits, mais ça inquiéta ma mère. La voyant fouiner, se méfier, je planquai chaque soir mon ours fourré à la peau de rongeur dans un endroit nouveau. Chaque matin, je pissais en prenant soin de le faire à un nouvel endroit. Mon objectif était de laisser des traces d'urine sur la totalité du matelas. Si on se penche un peu plus sur la petite chose qu'on fut durant l'enfance, on s'aperçoit qu'on était bien plus évolué et mature que ce que l'on pense des gosses en général. Pourtant, il faut un commencement à tout. Je repris mes guets. Accroupi, dans le jardin, je continuai mon travail de ponction de la matière vivante dans la nature. En plus de ce rat devenu une chose noire infecte, je remplissais l'ours en peluche mais aussi un pingouin avec des feuilles urticantes d'ortie, des fleurs de pissenlits, des dizaines de cadavres de fourmis et de mouches massacrées à la seule force d'un élastique. J'appris qu'il fallait de la patience, mais aussi remercier l'animal ou la plante d'être morts pour me sauver mes nuits. Je passais un doigt le long du cadavre et je pensais fort à Dieu pour qu'il les bénisse.

Cependant, je ressentis aussi des sensations étranges : du plaisir, de la satisfaction et quelque chose qui s'approchait de ce que je connaîtrais pleinement plus tard : la jouissance. Ça m'arrachait des larmes tellement ces frissons dans le ventre, cette sensation de soif intense et ce bien être inouï étaient ce que je connaissais de mieux dans ma petite existence. J'avais accès au rêve de l'évanouissement orgasmique, mais je ne le savais pas encore. Et ça ne fit que grandir, contrastant fortement avec la peur paralysante qui me foudroyait dans le lit chaque soir et chaque matin noir lorsque papa me remettait de force dans mon lit. C'est ainsi, viens, reviens, tiens. Je pensais que dessiner, puis plus tard, écrire, écrire n'importe quoi, tout, dans tous les sens, me permettrait de canaliser l'état de colère, la furie engendrée par le sentiment violent d'injustice. En tuant et en dépeçant ce rat, en laissant pourrir son derme dans ma peluche, en massacrant les fourmis, les mouches, les vers, puis des couleuvres et des oiseaux, je ressentais un plaisir tellement intense, un pouvoir, une puissance qui m'autorisait à écraser les milliers de friandises pourries que la vie m'avait jetées à la gueule. En dévorant les restes putréfiés du rat, dans un élan de joie, je comprenais que ça pouvait repousser les monstres pour quelques heures. Je croyais qu'il existait une pulsion en ce sens. Les psychotiques, c'est les autres. On se disait ça dans l'asile où papa avait séjourné quelques jours. J'appâtais mes proies avec une sorte de désir étrange, un fantôme hormonal jaillissant de moi. Malade à crever, je restai plusieurs jours dans ma fièvre à transpirer, vomir et chiasser dans mes draps. Ma mère était catastrophée et le toubib conclura à une intoxication alimentaire. Dès lors, je compris la nécessité de consommer le plus vite possible ou de mettre la proie dans un endroit frais pour la conserver. A presque douze ans, j'avais les bonnes bases pour baiser ma vie. Très fragile, très convenable, j'avais l'air d'un petit garçon doux, gentil, inoffensif, si bien que Valérie, la voisine, me confia son chien pour aller le faire pisser plus loin. C'était un caniche, et ma main qui courait contre ses poils coupés courts, sentait ses os. J'avais des envies. Je me cachai dans un buisson urticant avec l'animal. Il aboyait et courait tout autour de moi. Sa laisse s'emmêla autour de mes mollets, m'obligeant à lui mettre un coup de pied pour qu'il se calme. Mais il continua et je ne souhaitais pas qu'il me fasse repérer. J'essayai les caresses, j'essayai en m'asseyant, en le serrant contre moi, mais il aboyait. La colère montait, un vent sec et froid, des sandales qui tenaient mal aux pieds, le tee-shirt au patch de clown que je détestais, et je pris le bâton que je fourrai d'un coup net dans l'orbite droit de la bête. Un splash, et l'impression qu'on m'abandonnait, qu'on me laissait sur le bord de la route pour toujours et enfin la sensation de soif, l'impression de frotter les paumes de mes mains sur un mur humide en brique. Il couina, cassé sur le côté, le bâton planté dans le crâne par l'œil. Afin d'assouvir cette soif, cette fois, je plongeai mon visage dans la plaie ouverte dans le cou, et je mordis dans la chair comme dans une éponge imbibée, et bu et dis « bien bien c'est bon », et replongeai, et bus, et ris, et dis « bien… ». Il n'en restait rien du chien. Je ne pouvais pas le ramener comme ça, je ne pouvais pas me dénoncer, si bien que j'emmenai la masse inerte, dépourvue d'une partie du cou et d'une joue, au bord d'une rivière appelée Lerou serpentant au pied du Maroc, une colline qui surplombait le nord de la ville. Vivant et lui mort.

Mais là, et je ne savais pas vraiment quoi faire. Il me fallait un morceau de lui pour repousser les monstres au cœur de la nuit et neutraliser son cadavre en l'enfouissant dans un trou creusé dans la terre molle. J'avais peur, je me sentais fautif après avoir réalisé ma petite cérémonie. J'avais prélevé le cœur et le reste avait été mis dans le trou avec le bâton utilisé pour le tuer. Le caniche ne ressemblait plus vraiment à un caniche. Tout au plus avait-il encore la forme d'un quadrupède aux jambes en équerre. Il était joli comme une citronnade, un balourd inerte nuisant à la vie. Et tiens, je le recouvris après avoir invoqué Dieu et sa bénédiction. Avant de plonger mon visage dans l'eau fraîche du Lerou, je l'admirai dans un petit miroir que je trimballais toujours sur moi. Le sang bariolait ma face de petit ange triste, un têtard tout con encore coincé dans les mains des grands. Mais là, luisant d'hémoglobine, je ressemblais aux héros de ce temps-là : de fiers guerriers aspergés du sang de leurs ennemis. Je riais un peu et je tentais de faire des bulles rosées avec ma salive. « Je joue entre mes dents de héros ! Je tue tiens ! J'ai pas peur ». Les larmes m'inondèrent sitôt ma tête nettoyée à l'eau glacée de la rivière. La peur reprit possession de moi. « Qu'est-ce que j'ai fait ohhhh ! J'ai peur putain ! Ils vont me punir ! »

L'individualisme consumériste œcuménique.

Extirpé de mes rêveries carnivores d'enfance, je secouai la tête et dis: « Ajoutez une décimale et vous ne serez pas loin du compte. Les homicides sur les lieux de travail, c'est de la rigolade à côté d'un type qui liquide des dizaines de congénères. » J'étais sur le canapé. La chaîne d'info en boucles répétitives, du creux du creux de l'actualité, se déversait dans toute la pièce. Me souvenir, c'était m'assoupir, m'éjecter du stress de la prise d'otage, du carnage, de l'attentat, des milliers d'uniformes dehors qui me cherchaient l'arme au poing. .

J'ouvris toutes les armoires, commodes, buffets et balançai tout leur contenu au sol, dans un fatras orgasmique. Malgré ça, il n'y avait rien à tirer de tout ce bordel. Voilà des gens qui n'avaient que quelques billets de cent euros planqués dans un tiroir de slips, un flingue chargé de deux balles et sans doute quelques magouilles fiscales dont je me foutais. Dans cette maison ravagée, je commençais à me sentir oppressé. Je défonçai les photos de famille et je déchirai les fringues de Corinne puis celles de son mari. J'avais des doutes. On doute aussi dans la rage. Il y eut des pauses, des instants suspendus où la raison semblait tenir la folie entre le pouce et l'index, la secouant comme un bambin excité, qu'il fallait apaiser. Le frigo était éclaté par terre. Je ne savais plus très bien à quel moment j'avais fait ça. Ils ne me lâcheraient pas. Ça faisait cinq jours déjà que la bombe avait explosé, deux jours que Corinne avait rendu l'âme sous mes assauts sexuels torrides. Vous pouvez toujours être persuadé qu'une échappatoire est possible, vous ne pouvez vous empêcher de vous demander si vous n'avez pas déconné dans les calculs. L'idée de finir dans la rubrique « on ne comprend pas bien les motifs de son geste » me laissait tiède. Ils avaient toutes leurs certitudes, des « j'ai tout vu », le monde doit être ainsi et non comme ça. C'était sans compter sur la science, sur le dieu des monstres et sa puissante matraque céleste. Nous savions déjà que cette réalité-là pouvait exister différemment ou à l'identique ailleurs. Mais j'avais des doutes. Le frigo défoncé semblait être un crâne à gueule ouverte d'où avaient jailli des denrées périmées. Quelque part, un autre se tenait aussi au milieu du salon, perdu, tentant de percer les murs et de choper ma main. C'était bien, beau, la ligne fluctuante du réel se déformait. Je n'avais plus beaucoup de temps pour agir. Il faisait encore trop jour pour rejoindre la cave car c'était l'après-midi. En me donnant du baume au cœur avec une bouteille de whisky, je reconnus que je pouvais aller jusqu'au terme du projet sans trop m'emmerder.

Ce qui m'arrivait pouvait être aussi faux que ces stars studieuses courant sur des plages dans un magazine people. Une pute pliait sous la pression de la paluche du client sur sa nuque. Nettoyer. Ranger. Puis détruire de nouveau, puis ranger. Sous le soleil d'Assassine, quand j'avais 18 ans à peine, à une fête étudiante, une flûte de champagne à la main, j'espionnais ces filles dans la piscine à débordement. L'une d'entre elles fut rejointe par son mec qui l'enlaça dedans l'eau bleue, le bonheur dans un seul été, l'apogée de leur histoire, la certitude que « ça ne se terminera jamais ». Systématiquement l'édifice se courbe, plié par les vents violents soufflés par les mondes. Des traces de tir sur les murs. J'avais eu tellement envie de cette fille que je la suivis, elle et son mec et découvris son domicile. Une maison surfaite dans la banlieue de Rouen. Tout comme j'avais guetté le rat ou les mouches, je restai en planque derrière les buissons, pour connaître ses habitudes. Je bandais, me masturbais en voyant sa silhouette derrière les rideaux. Défaut de vigilance. Son mec se pointait aux alentours de 19 heures. Je sonnais à la porte à 18h30. Elle ouvrit, eut son visage de fille surpris. Je me ruai sur sa carcasse sexy… La fille au sol suintant de sang sur le carrelage froid. En annonçant sa rupture, elle annonçait sa mort et s'attirait les foudres d'un homme calciné par le désespoir. Un mini-trou noir qui avait été une si belle étoile. Ses muscles qui lui plaisaient tant, devinrent des armes brutales capables de la désosser comme un lapin prêt au civet. Fuite. Il n'y avait pas de pause, jamais. Il n'y avait jamais eu la possibilité de se poser assez longtemps quelque part. Sans cesse les relations devenaient décevantes, elles tournaient au pathétique, à la mollesse ou à l'orage. Je la laissai au sol et l'aspergeai d'essence après avoir mâché une partie du téton droit et de sa vulve. « On garde un micron du nichon, on garde la totalité juste pour soi ». Puis j'allumai et disparus avant que son mec ne revienne du boulot. Il aurait mal, il serait au désespoir de constater sa mort, seulement il ne savait pas que je l'avais libéré du pire : la fin de leur idylle par l'égoïsme de cette cruche. Il y avait quelques moments de bonheur, à l'instar de ce jour J où il avait choisi de se ressaisir pour redevenir moi.

Seul Dieu était à même de décider de la naissance et de la mort.

Parce que je n'avais aucune frontière, aucune nation à défendre, pas même un fragment de l'Humanité. Mon chemin était sinueux, sectionné ici et là, par des chocs sismiques aux conséquences terribles sur mon corps et mon psychisme. Je n'avais donc pas de clan, je n'étais d'aucune horde, d'aucune religion: j'étais mon propre bras armé, j'étais ma propre défense, j'étais un vengeur libre, un éradicateur empli de poésie. Bien sûr que je n'enlevais la vie à personne, que je ne faisais de mal à personne. Seul Dieu était en mesure de décider de la naissance et de la mort, Seul Dieu, ses « espace-temps », son éternité et son infinité décidait du sort de chacun. Il m'avait mené sur Terre pour claquer de peur sous les coups, sous les vents terribles soufflés par les monstres. Il m'avait ensuite laissé rebrousser chemin, récupérer mes billes, mes boyaux et ma dignité en corrigeant ceux qu'il fallait corriger. Et je finissais par comprendre ces vieux qui s'armaient, des anciens rebelles qui sentaient leur corps partir en-dessous. Quand je rangeais les chaises aux meetings organisés dans la salle des fêtes de Val d'Idiots, quand je distribuais les paniers repas, quand je déchirais les billets d'entrée des militants, je me demandais: « dans les plus jeunes, lequel viendra menacer mon intégrité? Quel connard essaiera de me faire souffrir, me rouer de coups dans la rue ou me casser les membres en plein sommeil. » Pan, tête explosée marmot! Révolté de merde! PAN!

L'ennui et le bombardement d'images me décidèrent à enclencher la guerre ouverte contre eux. Ils grouillaient, barbotant dans un lac immense de monotonie, de souvenirs pressants, de reflux gastriques et de flatulences gargantuesques nerveuses. Deux ou trois jours d'affilée devant la télé et l'ordinateur me mettaient dans l'état délicat d'une démence légère et d'un barbouillage fait de bulles acides, de morves, d'inquiétudes et de désirs sexuels bestiaux. Tiens. Viens. Les médias télévisés étaient devenus une entité chiennasse qui menaçait l'intégrité physique et psychique de milliards d'êtres. Jamais un individu ne pouvait assimiler, sans devenir dingue, des informations affluant du monde entier. Son cerveau-univers en venait à valdinguer dans le tas de fumier de la folie moderne: l'individualisme consumériste œcuménique. Ma lame puait ce putain de sang séché. Le chat de connasse gisait pelage salaud sur le carrelage terreux du salon. Scier. Tiens. Viens.

Je parle en français et je pense en chute libre.

Je déambulai dans mon ascenseur émotionnel. Je grimpais vingt étages à fond pour les redescendre en chute libre immédiatement.

Quelques jours avant de rapter/lover Corinne, à la périphérie, je pétais une bouteille de champagne, sous le pont, à l'abri de la pluie, à regarder défiler les bagnoles de fin de journée sur l'autoroute trempée sous la pluie battante. Je pissais, je festoyais, j'étais dans mon beau pantalon avec les ourlets, la petite couture rouge sur les côtés, et une braguette dorée. « Diantre, trouillards! Parvenus! J'ai la chemise beauté!! Une chemise de touuute beauté, des souliers de touuuute beauté ! DES VEINES DE TOUUUTE BEAUTE ! »

La pluie redoublait, je voyais leurs visages fermés et leurs gros doigts cramponnés au volant, le sapin « sent-bon » et les essuie-glaces à fond, les phares traçant des cônes sur le sol, la lumière, les petits pêtes tomates des phares arrière, à leur tour, qui re-décoraient le macadam. Une dame diurne s'enfonça dans la nuit, au volant de la DS de son mari et je reconnus sa tête à cette truie, ses écoutilles ornées de boucles en or, en pierres précieuses, que sais-je ?! J'avalai le reste de champagne et je me mis à courir pour rattraper le chemin droit qui sectionnait un champ non-cultivé, détrempé, aux allures de désert post-apocalyptico-dans-des-millénaires. Je courus jusqu'à l'asphyxie avant que la dernière lueur grise pâle de ce jour trempé ne se perde dans l'obscurité inquiétante. Les voitures avaient défilé sur l'autoroute, mais en un flash, j'avais revu cette salope à toute berzingue chevauchant sa vieille Citroën. Parce qu'il fallut jouer au flipper au-delà de l'envie parce que papa, ce gros sot plein de bite, m'avait ordonné de rester là, à secouer la machine, à battre son record du monde. Une femme avait surgi dans l'entrebâillement de la porte du bar. J'avais 8 ans, peut-être 9. Une femme forte habillée d'un manteau de fourrure, de bas et de talons aiguilles vernis, la choucroute rousse sur la tête et les lèvres rougies comme les putes (c'était comme ça dans les années 80). Mon père avait « slurpé » sa bibine en deux secondes et m'avait ordonné de jouer au flipper jusqu'à la grande victoire, me refourguant cinq pièces de cinq francs dans la poche de mon jean Loïs. Lilian, l'un des clients, l'un des moins bourrés, l'un des moins couperosés, était en charge de me surveiller. J'aperçus mon papa poser sa main sur l'épaule « fourrurée » de la pute bien mariée et accoler un baiser-suceur dans son long cou. Une cuite plus tard, il revenait, ébouriffé, commandant une pression et une assiette de cacahuètes. Sur le chemin du retour, je tentai de capter une information : « C'était qui la dame ? ». Il garda le menton droit devant, l'œil complexe du mec ivre et me postillonna un lamentable : « C'est Corinne, la femme de mon patron. Elle voulait me dire quelque chose par rapport au travail ». Tu vois, tu comprends. Mon père sautait Corinne dans le dos de maman, et me soudait au flipper pendant qui la soulageait dans la voiture garée plus loin, non loin du rade.

Le temps passant un peu plus vite, c'était une ristourne sur l'ennui.

J'eus le temps de poser la charge à l'emplacement exact où le bœuf allait balancer ses morceaux de barbaque démagos sur une foule d'ahuris fervents. J'avais tout orchestré. Je remets tout en ordre parce que tu m'as l'air paumé. J'étais dans la maison du maire depuis deux jours, toujours in-détecté par les forces de l'ordre, le bonhomme dans la cave, la maison retournée par ma rage, volets roulants et rideaux fermés, Corinne zigouillée dans l'ancienne usine et j'étais le terroriste, celui qui avait posé la charge… Mais ils ne connaissaient pas mon nom, ne me soupçonnaient pas encore…

Il est facile de se mentir, bannir ce qui n'entre plus dans le rayon des massacres acceptables. Et mâchouiller un morceau de téton, est-ce pire que d'acheter le rein d'un turc pour le foutre dans l'abdomen d'un allemand, d'un français ou d'un américain, contre argent sonnant et trébuchant? Vous me direz: mais ça ne justifie pas de se nourrir d'autrui. Eh truands! Moi aussi j'avais besoin de prendre des forces... leurs forces! L'usage des utérus à louer, des semi-putes des pays de l'Est à marier sur catalogue était acceptable par tous, tout juste quelques féministes s'insurgeaient, mais tout le monde se calfeutrait dans le déni. Des gens, voilà, bien nés. Des gens bien nés qui cannibalisaient toutes les autres espèces pour leur seule quête d'immortalité, du moins de longévité. Manger l'autre, s'en faire pitance avant de faire pénitence, les cinq doigts sur la Bible, sur le Coran, sur la Déclaration Universelle des Droits de L'Homme. J'avais vu ce porc aux promesses calées dans le gras de son bide, sa suffisance et sa réputation de bienfaiteur à poil dru trimant pour ses congénères, des bourrus rougeauds et des paumés trouillards affamés d'un avenir meilleur. Mais non. Moi l'utérus, je le saccageais, je le forçais à la barre à mine, optant pour une version non-tempérée de l'exploitation de la gonz' par le bonhomme. Mais pas seulement. Mais non. A force de le regarder, d'étudier le moindre de ses comportements, j'avais pigé la bête. Ce porcin presque obèse binait une terre asséchée par l'explosion des sens dans une partouze mondiale regorgeant de décharges électriques coulant à pleins pots dans les réseaux. Je connaissais la place de chaque chaise, et je savais où chaque huile locale se positionnerait, avant même que le chef de section dise où ils devaient s'installer. Je savais que l'adjointe au Maire, chargée de la voirie ne pouvait, en aucun cas, être installée à côté du responsable de la Jeunesse et des Sports, pour la simple et bonne raison que cette cougar tabassée par un cancer du nib', s'était envoyée en l'air dans le gymnase, pendant que son agent immobilier de mari vendait du corps de ferme à tour de bras. Je savais que la famille Fillet ne s'installait jamais à moins de cinq mètres du responsable de la chambre de commerce… Je savais qui se murgerait, qui tenterait de mettre des mains aux fesses des jeunes stagiaires… Je savais qui tapait dans la caisse et qui, des entrepreneurs, fricotaient avec le pouvoir local. Monsieur le Maire lâcherait sa diatribe mielleuse à une assemblée de paranos persuadés qu'il était le seul rempart contre « la finance internationale et ceux qui voulaient détruire nos racines et nos richesses acquises à la sueur de nos fronts ». Une belle réussite pour un type bien né qui, comme tout puissant qui se respecte, expliquait sans sourciller que sa fortune lui venait de son travail. Viens. Tiens.

J'étais le petit gars bien, le docile, l'élément de base du parti, avec le paletot bien mis, les grolles avec le double-nœud, le pli sur le pantalon, la cravate rouge et la chemise bien rangée dans le futal. J'étais sympathique. J'étais un « gars bien ». Ça m'allait. J'aimais ça. Le chômage dont je ne sortais plus que pour de courtes missions, me laissait du temps. Mais le temps passant un peu plus vite, c'était une ristourne sur l'ennui. Je raconte tout hein. Tout était rangé à sa place et à la moindre vague, les citoyens se faisaient dessus, installant un double-vitrage, une alarme, un truc à compost comme bouclier magique contre la vague scélérate mondiale qui dégueulait par la plus grande fenêtre de leur chez-eux : la télé. Je réfléchis hein. Tiens. J'avais aussi mon caddie à pousser, ma goutte d'essence pour la poubelle à payer, ma contribution à la société… D'jà dit ça. D'jà fait. Me brossais bien les dents (une haleine impeccable pour déchirer les tickets d'entrée), me gobais un Imodium, un ou deux Xanax, une ou deux bouteilles de bière et un splif, la télé allumée, les infos en boucle, les catastrophes, les grands pieds de Miss Monde, les grosses fesses d'un paquebot qui coulait et les dents pourries d'un type qui était président des ombres, puis un rigolard vendait des songes à la sauvette, parlant de terroir, de traditions… La calotte vitreuse, la vitre des yeux, pleine de buée. Ce jour-là, avant que tout le monde n'arrive, j'avais ma petite bombe, mes petites socquettes, un couteau Suisse en poche, le ventre qui grouillait. Sur Internet, j'avais trouvé la recette, j'avais pris le temps, comme on joue au Mécano, j'avais assemblé tout, durement, testant dans la campagne mes premières bombes artisanales. J'avais pensé à Mémé en fabriquant l'animal, ses peurs des explosions, ses souvenirs de guerre. Brusquement, je réalisais comme ç'avait dû être bon de vivre un temps où tuer était tout tranquille, aussi facile qu'une balade à biclou en rase-campagne. Pour me préparer, j'avais suivi ses conseils en me levant progressivement plus tôt, vers 6h00 afin d'être paré, le menton bien lisse et rasé, le cœur emballé par deux cafés d'affilée. La radio et la télé étaient allumées en même temps ce matin-là. Je faisais de la vapeur avec mon souffle. Mon paletot me tenait chaud. Un bouton de braguette avait sauté. Je me demandais s'il y aurait des jours suivants pour le réparer. Accaparé par ma colère, j'entrai dans la salle par l'entrée des artistes, une porte dérobée située à l'endroit où l'on déposait les immenses bennes à ordures de la cantine d'école. Je fumai une cigarette. Malgré des préparatifs exemplaires, j'avais peur de l'imprévu, d'un contretemps ou de l'arrivée inopinée d'un quidam.

La salle était encore vide. Je passai derrière la deuxième rangée de rideau pour accéder au petit escalier qui menait à la scène. C'est là, dans un imbroglio de charpentes métalliques et de câbles que j'installai la bombe incendiaire. L'idéal était qu'elle éclate et qu'elle mette le feu au parquet. Qui n'a pas eu envie de faire ça un jour ? En regardant ces dingues plastiquer des commerces, des bagnoles ou des poubelles, je m'étais toujours demandé l'état dans lequel ils étaient. Aucun journaliste d'investigation n'avait pu suivre un processus de A à Z. Et brusquement, j'eus envie de ça. Ça, on le fait avec des pétards Mammouth durant l'enfance, puis on incendie des voitures la nuit. J'aimais ça. Je choisissais la cible au hasard, l'essentiel étant de ne pas se faire choper. Là, j'étais pénard, dans le coton de mon projet. Isolé, fier, sûr que tout le patelin dormait, plongé dans le tourbillon des cauchemars. Quelque chose comme ça. Simplement. Ma bombe était dans une grande boite en carton avec des motifs roses. Je la déposai, la réglai, et m'en allai installer les chaises dans la salle. On attendait six cents personnes au moins. Une fois cette tâche accomplie, je savais ce qu'il me restait à faire. Allumer la cabine de l'ingé-son, vérifier les éclairages, nettoyer les frigos et les plans de travail dans la cuisine tout en inox, mettre en place le vestiaire et m'assurer que les décorations de Noël étaient à leur place, qu'une guirlande ou deux ne pendouillaient pas, et enfin, je passai un coup sur les larges baies vitrées. A 9h30 pétante, Richard se pointa pour boire un café avec moi. Il supervisait ces journées de réception municipale en plus d'être agent de maintenance des bâtiments pour la Mairie. Bien sûr, son temps de travail pour l'ensemble des concitoyens de la ville était en partie grevé par ses activités au sein du Parti. Ce type me parlait des oiseaux qui lui servaient d'enfants, ces petites choses mazoutées aux sodas et aux matières grasses, la salive lourde en guise de cri. Son plus petit dansait sur sa chaise en classe puis il s'était gaufré, fêlant sa clavicule, tandis que le plus grand s'était cassé le tibia au foot, « tu comprends c'est un pupille, il a le talent dans les pattes ce gosse. Ce sera un champion, un cador dans les championnats. Tu vois à la Ligue 1, y'en a quelques-uns qui lui arrivent pas à la cheville. Si un club vient le chercher, même le PSG, je signe direct. On en a besoin dans la famille. Bon c'est pas l'tout, mais va falloir s'y mettre mon gars ». Des guirlandes partout, des gouttes de sueur sur le front, nous nous mîmes à vérifier l'alignement parfait des chaises. Le gros cul, la raie dépassant du jean, il s'activait sans s'économiser, tout en me parlant de l'essentiel : « Ma femme me casse les couilles avec la

Fiat 500 qu'elle veut. Elles font chier les gonzesses avec leurs bagnoles pour pédés ». Tic tac de la fin résonnait dans ma tête. Lorsque ça péterait, je serais aux anges… Virtuose de l'explosion, la douloureuse en bloc dans le frein de vos bennes. La ville nagerait dans sa viande et ce Richard et ses mimiques d'ordinaire, et ce Maire terrassé par le train arrière déchiqueté. J'en pleurs en l'écrivant, j'ai la grosse larme du bambin fier de son acte, un petit être courageux qui a offert au monde un instant plein d'artifices… Mes veines dans le cou enflaient à vue d'œil, un soleil aspiré par un trou noir, les cons couinant de douleur, l'affreuse et vaine folie commune, le bonheur, les rêves d'amour, de propriété, de sécurité, la boom ! Dah BOOM ! BOOM !! BOOM ! Je n'aimais pas les cris, les discours, les gens méchants, les petites combines. Je ne voulais pas d'un chef, encore moins de ses bras droits, j'avais envie d'une viande fraîche avec une peau joliment grillée. C'était ça. Le souvenir que j'en ai, c'est exactement ça : une joie incroyable, une envolée, un écartèlement jouissif de la pensée, de l'être, de l'en-dedans… Il ne faut pas se méprendre. J'avais des états d'âmes, des peurs, je me disais que je faisais une erreur. Quelque chose en moi me bouffait de culpabilité par moment. Des instants où j'étais grignoté par une autre vision d'une autre dimension : j'effleurais la souffrance prévisible des autres. Mais ça s'évaporait vite, ça s'esquivait dans les excavations de mon cerveau. Quelques voitures étaient garées sur le parking de la mairie et deux cars de gendarmerie étaient déjà en position pour protéger l'huile parisienne, le grand ministre, le représentant du cœur du royaume. La cohorte de passants curieux serait métastasée par des dizaines de policiers en civil, de membres du parti et de

125

partisans non-encartés. J'avais en tête les caresses de mon père sur la nuque, son regard fuyant et cette odeur particulière qu'il dégageait quand il suivait la madame. Il avait de grosses cuisses serrées dans un jean qu'il délavait à force d'usage et de machine à laver. Sa passion pour l'alcool, pour la baise, pour le foot et pour les rebelles de cour tels que les artistes célèbres, le rendait attachant, réel, franco-français, un brin bourru et profondément fallacieux. Cet homme voulait avoir raison, riait des pédés un jour pour cracher sur les homophobes le lendemain. Celui qui était son patron, mais aussi son ami, mais aussi le mari de l'une de ses maîtresses, me disait des choses aussi pénibles que ça :

« Les grands hommes plaisent aux femmes et ils ne sont pas gentils mais justes avec leurs enfants. Si ton papa crie parfois, c'est pour ton bien. S'il te corrige aussi. Mais toujours il t'aime. »

Une beigne dans sa gueule, j'aurais aimé grossir soudainement, prendre les muscles de bodybuilder et lui broyer la mâchoire. Alors pendant que papa furetait derrière-contre-les-fesses-nues de la femme de son meilleur ami, je pris un mammouth que j'enfilai dans l'anus du dog français attaché au tuyau du radiateur et j'allumai.

Le chevalin languissait derrière les barbelés de ses couilles de client à putes. Ça sentait le chien à plusieurs bornes, il allait nous ressortir son discours sur les pédés qu'il tolérait, sur l'aménagement de la zone artisanale, sur les petites trouilles des uns et des autres, de la carrosserie trouée par les balles de gangsters fantômes aux maisons cambriolées par des spectres de « bougnoules ». Il passerait sa main sur le tranchant de son col en levant fièrement le menton face au public applaudissant. Je le connaissais par cœur. Je le connaissais maître du monde mais aussi gros lard vautré sur un canapé en cuir à éructer face à un match de foot sur chaîne payante. Il continuerait à parler en s'épongeant la sueur, croisant parfois les chevilles pour se jouer de la gravité, sans doute penser à ses couilles, penser à une pute du lycée qu'il prenait en stage chaque année, penser à sa collection de bagnoles, sa suffisance, sa cabriolet ou sa DS sur la route principale mais BOOM ! Il ferait BOOM la bidoche il s'rait troué de partout BOOM ! BUTé le PORCELET ! BOOM ! J'étais donc un peu plus loin, à l'écart de la salle. Quand ils arrivèrent, ils ne se demandèrent sans doute pas où j'avais disparu mais pourquoi leur chaise n'avait pas glissé par miracle sous leur gros cul. Le m'sieur le maire avait mis ses angoisses aux vestiaires. Le petit vieux que j'allais laisser devant sa maison au moment de l'enlèvement de sa femme, s'était provisoirement effacé au profit du grand homme triomphant qui serrait des paluches et bisait M'sieur le Ministre. Tiens. J'étais un peu plus loin. J'étais à la fenêtre – pour une ultime fois – de mon salon, donnant directement sur l'entrée de la salle municipale. Il masquait son inquiétude avec un aplomb déconcertant. Je sortis le téton enveloppé dans du film étirable, je le déballais et l'enfournai dans ma gueule. Comme l'enfant, j'aimais mimer un sourire avec la bouche pleine de sang pourri. Devant le miroir je fis un « regarde, on dirait Dracula. »

Juste après l'attentat, je me souviens…

Mon salon, au premier étage de la grande maison, était mon petit endroit, là où j'avais tout inventé. Des miettes dans la moquette, les valises sous les yeux. Dans le placard, il y avait ces fringues en tas que j'avais portées, que je n'avais pas lavées. La musique militaire retentissait. Ils allaient faire le garde-à-vous devant une statue en forme d'étron érigée en l'honneur du soldat inconnu. Une épine dans le pied de la nation, ces monuments turgescents. Je passai l'aspirateur et jetai un œil par moment. Je pensai à des œufs sur le plat et aux taches noires sur la poêle qu'on ne peut jamais enlever sauf en rayant les parois. J'avais en tête le temps passé en caisse dans le supermarché, à écrire des statuts de tortionnaire via le portable. « J'assassine la maman à la sœur à la tante à ta mère. » La compassion ou le sacrifice, ça n'aide que ceux qui pensent s'acheter une place dans un paradis. Je les imagine devant la grande porte de Saint-Pierre, en fait un trou noir gigantesque qui avale la matière méthodiquement. « Saint-Pierre, j'ai secondé mon père durant ses souffrances hein. » Et l'Autre: « J'm'appelle pas Saint-Pierre vieux. Je m'appelle Viandard et j'vais te demander de fermer ta gueule. » J'imaginais qu'un trou noir, ça parlait comme une maman qui s'appellerait Saint-Pierre, ou une copine de darone avec du poil aux pattes qui propose une glace Twister au garçon de douze ans pour pouvoir dealer un cunnilingus. C'est à ça que l'on pense lorsqu'on attend l'instant de l'explosion, où des milliers de projectiles fusent et cassent les passants vite-fait. Fulminer. En partant, je ne me retournai pas, je dévalai les escaliers et déboulai dans la rue. Là-bas, un député plaçait son hommage aux combattants de la Seconde Guerre Mondiale et aux entrepreneurs morts sur l'autel de la crise. Ma voiture était un peu plus loin. Elle démarra à l'instant d'une puissante détonation. La charge avait pété trop tôt.

J'étais rapide comme l'éclair. Ma vision était claire dans le noir. Une nuit pouvait m'offrir la fuite... Une jeunesse nue au bord d'une rivière avec Malik, mon ami d'enfance, nos discussions durant des heures sur la Pologne, les communistes et les bodybuilders déments qui figuraient sur la page pub du journal local. Nous regardions les produits nécessaires à sculpter nos corps comme ces dieux vivants, leurs mâchoires carrées et la promesse d'avoir des femmes à gros seins et des maisons à piscine à Hollywood. Le communisme n'avait jamais fait rêver les gosses. En revanche un karting à pédales et les nichons de la maman d'un copain, c'était bien. Je roulai lentement pour ne pas attirer l'attention. Dans le rétro, je vis la foule s'agiter, des molosses en costard saisir les huiles et les mettre à l'abri. J'étais triste d'avoir cassé mon jouet. Les sirènes hurlèrent tandis que je tranchais la ville en deux, désespéré, courbé sur mon volant. Le maire avait échappé à la bombe et pleurait sans doute sous le tableau de bord d'une des berlines du ministère. « Tu tuerais toi un jour? », me demanda Malik. « Je crois pas, ça fait peur et toi? » « Moi j'te tuerai parce que j't'aime. » J'attrapai sa tête et je la plongeai violemment dans l'eau glacée de la rivière. C'te salopard. « J'ai déjà assez de mal! ASSEZ DE MAL! TU N'AS PAS LE DROIT D'ÊTRE MECHANT. » J'attrapai une grosse pierre et lui écrasai sur le haut du crâne qui explosa de dizaines de gouttelettes de sang. C'était si soudain, si beau, si enthousiasmant. Il hurla, se leva, pleurant jusqu'à l'étouffement, attrapant ses fringues à la va-vite et fuyant en hurlant: « HEEUUUU J'AI MAL ! »

Avec des mots simples et modernes, je voulais m'attirer l'amour d'un public, avoir aussi mon morceau de cœur, des centaines de regards gentils posés sur moi. Au lieu de ça, j'avais les yeux vitreux des crétins qui gesticulaient dans le plat des écrans.

Je me reposais repu, la bouche épuisée d'avoir mâché son corps trop longtemps. J'avais là un morceau de la cellule explosive sur laquelle nous vivions, et ça m'apaisait un peu. J'avais commis un attentat foireux.

Leurs vies de lombrics tortionnaires.

Les souvenirs de l'attentat raté m'avaient oublié dans les souvenirs. J'ouvris de nouveau les yeux. Seul toujours dans le bordel de la maison de Corinne et de son mari que j'avais saccagé. Ça s'agitait plus loin. Je ne savais pas vraiment où, c'est pourquoi j'allai me poster derrière le store, à l'étage. Le barrage de gendarmes tenait bon. Il s'était même renforcé. J'allai me badigeonner les joues d'aftershave. La salle de bain était pourvue de deux lavabos, c'était beau ces gens qui s'équipaient bien, faisaient le nécessaire pour être tout confort dans leurs vies de lombrics tortionnaires, crevards faussement gentils qui servaient surtout la soupe à ces types pleins d'échasses qu'on appelle indûment les maîtres du monde. Je frottai mon visage avec un gant de toilette propre. J'y avais préalablement mis un savon doux. Ça, je ne me rappelle plus la marque. Puis j'ouvris les robinets de la grande baignoire carrée afin de faire fondre mon corps un peu, le ramollir, le façonner mollasse, lui donner de la détente, des coups de chaud. Un bain, des bulles, un ventre qui grouillait. La musique douce sortie du poste de radio. Une valse, je crois. Musique de merde. La musique classique m'emmerdait. Je jetai un savon à la lavande dans le poste qui tomba et éclata par terre.

« Ta race sale merde, zic à la con. »

Je touchais mes couilles dans l'eau. Elles avaient la consistance d'un ballon de baudruche à moitié dégonflé, plongé dans une rivière de sang épais. Le paradis sur Terre, c'était ça : un bain chaud, de la pitance à souhait, un pauvre type dans la cave, et la douce plaie du temps en suspension jusqu'au prochain micro-cataclysme/… Les quelques heures passées avec Corinne n'avait été, après l'attentat, qu'un remblai d'amour, une boursouflure de bonheur. Ça suffisait pourtant...

Cette ville puait l'alcool, ses coins, ses parkings, ses angles, ses toits, ses écoles. Tout puait l'alcool, l'agressivité... Les ouvriers virés des usines étaient devenus les Apaches du Nord franchouille: des ivrognes errants dans leur eau de vie, dans leur humus de mort. Les guirlandes jaunes étaient celles qui me prenaient la vue tellement elles transformaient un endroit médiocre en espace complètement déprimant. Les gendarmes restaient contre leur véhicule ou vautrés à l'intérieur, discutant pour faire passer le temps. Le bain chaud m'avait fait du bien. J'étais relaxé, plein de crèmes adoucissantes, rajeunissantes, vivifiantes… Les assassinats ciblés avaient une saveur particulière. Un con n'était plus seulement l'âtre du jouisseur, il était aussi la crèche des souvenirs douloureux. Je regardais parfois des documentaires sur ces américains qui tuaient en série. Ils avaient ce petit truc en plus, le truc que les européens n'ont pas : ils savaient lustrer les armes et ils se savaient perpétuellement sous les feux de la rampe. J'avais l'intuition que les américains se sentaient constamment regardés, filmés. Ces gros gosses un peu plus débiles que la moyenne, avaient été les modèles de mon paternel. Une grosse denrée mentale qu'on ne digérait jamais sans quelques séquelles intellectuelles. Tout était là. Le talent, et nous le savions depuis longtemps, était indexé sur la courbe des ventes. Un type qui tuait en masse ou en série sans qu'aucune caméra ne vienne en faire une starlette, ne pourrait pas valoriser ses actes et ainsi marquer l'Histoire. Je pensais à ça tout en enfilant l'un des costumes du maire. Dans une jolie boite, il y avait sa médaille de la Légion d'Honneur que j'épinglai à la boutonnière de la veste grise que j'avais enfilée. Elle était en matière légèrement brillante. Je ne saurais dire laquelle, mais c'était très joli. Ses chaussures étaient un peu grandes, mais ça ne se voyait pas. Il n'y a pas à dire, un corps enveloppé de belles guenilles, ça en jetait. Incapable de faire un nœud de cravate, je fis l'impasse sur cet accessoire classieux. La chemise était blanche, mais d'un blanc luxueux, impeccable. Devant le miroir de la salle de bain, j'étais fier. Voilà. J'étais fier. Je paradai dans la maison, mimant le fait de fumer un barreau de chaise, roulant des mécaniques. J'étais comme un gamin qui a piqué les fringues de son père. Ah c'était royal, incroyable. Je mis le son de la télé à fond. Il y avait des clips de variété à la télé. Ce coup-ci, je me sentais bien et je me demandais s'il était nécessaire de tout lui révéler. Tiens, viens. Je me rends compte que je n'ai pas dit grand-chose sur ce bonhomme. Mais… Même si les volets étaient fermés, la lumière du crépuscule s'insinuait quand même. Je regardais le pli impeccable du pantalon, la coupe parfaite de la veste, la prestigieuse complexité de la médaille.

« Voilà, là t'as réussi ta vie. Là, tu fais de l'effet ! »

Soyons honnêtes, dans quelle mesure l'internement ou l'emprisonnement m'était plus pénible que l'idée de mourir? J'avais eu besoin de me nourrir d'eux pour survivre, me protéger et me garantir une chance de chevaucher le grand mur. Bien sûr, j'étais comme tout le monde. Moi aussi j'avais eu envie d'en croquer de la vie comme tout le monde: fonder une famille, jouer avec les enfants, posséder une maison, partir en vacances. Mais autre chose en moi m'en empêcha. Alors il n'y avait plus que des corps partout, avec des chaussettes. On ne pouvait pas deviner, quand je marchais dans la rue, que chaque passant était frappé d'un impact de balle. En fait, vous savez, la notion de temps est très différente selon les phases de vie. Tout le monde a vécu ça, tout le monde le ressent, cette sensation d'un temps très très lent pendant l'enfance qui s'accélère avec l'âge. En m'occupant de Corinne, puisqu'elle est la plus vive dans ma mémoire, j'étais revenu à la lenteur de mes premières années. Il fallait combien de victimes pour que ces types finissent par comprendre ce qui se passait? Campé derrière le store, je vernissais mes ongles tout en jetant des coups d'œil vers le barrage de gendarmes. Même si je perdais périodiquement prise avec la réalité, généralement, je restais conscient de mes actes. Pour d'autres, j'étais un dingue, mais dans mon système de valeur, j'étais simplement un insatisfait extrême. Les autorités étaient constituées de personnes assez arrogantes, sûres de leur fait. Lorsqu'elles enquêtaient sur un crime, elles se fondaient sur l'expérience théorique et pratique du crime. J'avais ça en tête. Je voulais qu'ils se posent les mauvaises questions. Je n'en avais rien à foutre de ces mecs qu'ils appelaient « profilers ». Ces escrocs étaient surtout d'affreux pervers secrètement imprégnés par la fascination qu'ils portaient pour les criminels sur lesquels ils enquêtaient. J'en étais persuadé. Ironie du sort, je m'étais procuré ce flingue grâce à une série de crimes perpétrés dans le département. Mes voisins s'étaient armés pour se protéger et se tenir prêts contre le « tueur des marécages », un type qui balançait ses victimes dans la vase...

Vers 18 heures, la nuit était tombée à nouveau. Je parvins à me faufiler dehors, toujours par la porte-fenêtre de derrière, puis je rejoignis la cave en avançant lentement plaqué contre le mur. En descendant l'escalier, je jetai un dernier coup d'œil dans le jardin. Tout était calme. Dans l'unique maison voisine visible de ce côté, j'aperçus cette famille attablée dans la cuisine, discutant, les têtes penchées sur une assiette de soupe ou de pâtes. La vie de famille donc, celle que je voyais dans la ligne de mire d'un bon flingue flambant neuf.

« Ecoute bien ce que je vais te dire. Soit tu l'oublieras et tu crèveras ignare, idiot. Soit tu y repenseras en temps voulu et tu regretteras de mourir »... J'approchai mes lèvres de sa joue du maire prostré. Je tremblais un peu, j'étais ému, humide, hésitant. C'était un grand moment pour moi: « J'ai... »

Je me relevai. C'était tout à fait clair pour moi, même si je bavais un peu, que mes muscles se raidissaient, que mes cordes vocales se contractaient au point de provoquer de petits mugissements étranges. Du temps me fallait, du temps je devais, je voulais bien dire et pas me laisser submerger. Du temps « j'ai besoin », du temps, des secondes au moins avant de redire « J'ai… » dans l'oreille du petit ours. « J'ai fait du mal. J'ai fait quelque chose de sale pour toi. Mais fallait le faire tu sais ». Il maintenait qu'il ne connaissait pas mon père. Mais il mentait et le motif de ce mensonge m'était incompréhensible alors qu'il avait été son patron dans les années 80. Il avait très chaud et son oreille semblait cracher un air tiède tellement il angoissait. « Je n'ai pas d'idées noires. Je suis très bien dans ma vie et ma peau. Ça ne doit pas être ton cas, d'où ce besoin de croire que l'Homme aimera un jour l'Homme. Mais en Occident, l'Homme aime déjà l'Homme. La preuve, il installe des télés et des aumôniers dans les prisons. C'est beau ça hein? ». Ça ne ralentissait pas ses palpitations que je lui parle comme ça, et ça m'agaçait, me révoltait ! « JE VEUX TON ATTENTION ! » Et paf, une beigne ! « Oh désolé mon petit monsieur, mais j'me sens comme enfermé dans mon lit, dans mon pipi, comme quand j'étais petit. Voilà, ta femme, la Corinne, je l'ai baisée, je l'ai prise. Voilà, c'est dit et ARRETE DE PANIQUER COMME ça TU ME DECONCENTRES ! » J'incisai légèrement son lobe et le coinçai entre ma lèvre supérieure et ma langue. « J'ai hâte de voir tes actions héroïques et les traitements de choc que tu infligeras aux Hommes pour qu'ils vivent enfin dans ton monde plein de promesses et de bonheur. »

Il avait la silhouette de sa femme, là, avachi pétochard sur le sol… Je lui ordonnai de se mettre à califourchon sur moi.

« Tu vois, je n'ai pas besoin d'arme, tu le fais tout seul. »

Je reproduisis le rêve que je venais de faire. En fermant les yeux, avec un peu d'effort, je parvins à le re-matérialiser en Corinne. Il était nu comme elle, sur moi.

« Tu vois, là, c'est bien. »

Lorsqu'il tenta de se rétracter avec ses couettes blondes en fil de laine que je venais de lui mettre sur la tête, je posai le canon sur la tempe:

« Alors maintenant, tu bouges baby ? Pendant l'opération *bouclier du désert*, t'étais où toi? T'étais planqué pendant que d'autres se battaient pour la liberté, c'est ça hein? Tu t'occupais de ta petite seigneurie, de tes confitures et des matraques de ta police, hein? »

Je jouis en lui violemment, les yeux ouverts, l'index ferme sur la gâchette. Je le ligotai de nouveau au radiateur et remontai jusqu'à la maison. Il me dégoûtait avec ses airs de gosse puni, son regard ombrageux, sa fâcheuse tendance à tourner de l'œil à chaque fois que je m'approchais rapidement de son visage. En me faufilant le long du mur, râpé par le crépi de la façade, je remarquai que c'était toujours très calme autour. Un type était posté contre un arbre, en contrebas, là où un gros tuyau d'égout passait. Son chien aboyait, sentant ma présence, mes mouvements. J'étais la bête traquée. J'entrai par la porte-fenêtre et je tirai le volet entrebâillé pour être tranquille dans le salon. Dans la seconde cave, celle par laquelle on accédait directement via le couloir d'entrée, je me ravitaillai en Coca Zéro et en bière, en pot de cornichons et en barbaque congelée. La lampe de salon diffusait une lumière orangée, douce qui apaisa la tension des nerfs. Je laissai décongeler le morceau de viande en regardant un DVD porno que ce vieux cochon avait planqué derrière les comédies frannn-çaiiiises. Une fois mon affaire réalisée, j'enfilai un pyjama propre, une paire de chaussons sans odeur de pieds et je bouquinai un Lucky Luke dans leur plumard. Miel mou, je me trahissais dans le sommeil. Tiens, viens. J'avais, pour la première fois de ma vie, un espace à moi où personne ne pouvait interférer et mettre en danger ma quiétude, ma solitude, mes instants intimes. Les brouhahas incessants des fous dehors étaient stoppés par les murs protecteurs. Sans le savoir, les gendarmes protégeaient le ravisseur de la femme du maire et le terrible terroriste. En regardant la chambre, son confort, son éclairage aux spots tamisés, je fus transporté dans leurs vies. L'un à côté de l'autre, ils ne se parlaient pas. Lui pétait bruyamment, elle lui disait qu'il n'était qu'un porc. Elle tentait d'avancer dans son Marc Levi, du bon, de la brute de littérature qu'elle avançait page par page, soir après soir. Elle s'endormait généralement après dix minutes de lecture. Lui avait cette pile de journaux près du lit : les quotidiens L'Equipe et Aujourd'hui pour l'essentiel, qu'il feuilletait sans fin, se replongeant dans les matchs glorieux de la Ligue 1. Pour ça, il méritait que je descende à la cave et que je lui enquille deux trois coups de pelle dans la gueule. Mais je m'endormis, happé par le coton qui remplace les muscles quand l'esprit se meurt. On a souvent une image préconçue de types comme moi. A force de séries policières à la télé, et même si l'on est ouvert d'esprit, quelques traces de clichés s'accrochent tout de même à l'âme. Y compris pour moi. Mais là, moi, j'étais celui-là qui avait attaché Monsieur un niveau en dessous, dans une pièce encombrée de vieilleries poussiéreuses. Mon rêve récurrent, ça n'était pas ce truc obsessionnel malsain. Je planais dans le ciel, et parfois je piquais vers le sol, j'atterrissais et j'aidais des femmes légèrement vêtues que j'avais connues. Je les baisais, les éteignais et les mangeais. Elles étaient généralement aux prises avec un salopard, un monstre, un type horrible qui tentait de leur faire un mal de chien. Chimie de la cervelle à l'instant des songes. Troufion des neurones en panique. Généralement, je les secourais avant de les baiser goulûment, et de repartir au ciel, suant comme un porc, léger comme un gaz… La beauté de ces nuits, le contraste avec ces réveils soudains où je me mettais à hurler comme si mes pieds étaient embourbés dans des sables mouvants. Vitres des yeux pleines de buée épaisse. A deux heures du matin, je me levai et j'allai boire deux trois gorgées d'eau au robinet. Pas trop, ce qu'il fallait, pour ne pas avoir une envie de pisser rageuse avant sept heures du matin.

Tu fais quoi après la noyade ?

« Dégage avec ta haine puante. Tu vas me payer très cher cette menace. Attention, regarde bien derrière toi lorsque tu te déplaceras la nuit en dehors de ton lit. »

Ce gendarme était une femme et ses traits creusés sillonnaient son visage bouffi.

« Laissez-moi vous expliquer, s'il vous plait. »

J'étais comme noyé dans ma sueur. En me réveillant dans un sursaut violent, je réalisai que mes yeux congestionnés avaient repeint les murs de leur chambre en rouge vif... Depuis des mois, les messages anxiogènes m'avaient encroûté dans une forme de dépression légère et permanente. Les industries du divertissement, les religions, les prédicateurs du marketing, afin d'accroître leurs profits de façon exponentielle, vendaient de la fin du monde sous toutes ses formes, à tous les prix. Au petit matin, dans le pyjama douillet (avoir un corps a cet avantage de permettre de sentir le mollasson des matières), je sirotais un café à l'étage, espionnant à travers les lattes d'un store, la bande de tocards en uniforme censée protéger mon bonhomme. Je tentais un café sans sucre parce que depuis quelques semaines, j'avais pris la résolution de perdre un peu de poids. Au loin, j'aperçus des traces fines de fumée noire traversant le ciel blanc. Ils n'avaient pas terminé d'éteindre l'incendie, ces minables. Presque une semaine que j'avais déposé la bombe, que celle-ci avait sauté une demi-heure plus tôt, que la rage de l'échec s'était emparée de moi. Ah les héros, les pompiers, les muscles, ces pauvres crétins libidineux. Tu vois, les murs étaient les limites de l'univers, une frontière solide à travers laquelle ils ne pouvaient rien voir. A l'intérieur, tout était à sa place, joli, rangé, offert comme un porte-clefs de singe savant dans une vitrine, à l'instar d'un songe puissant qu'on mettrait aux enchères pour frimer. J'avais tout retourné, défoncé, mais tout semblait en ordre. Les meubles, les objets dormaient paisiblement renversés, brisés, retournés à leurs places respectives. Sur le canapé, pendant une remarquable téléboutique consacrée aux ustensiles de cuisine (des couteaux plus tranchants qu'un éclat d'obus propulsé à la vitesse du son), je lustrai l'arme. Elle brillait, elle était lourde. C'était un geste purement inutile, jubilatoire mais inutile. Loin de moi l'idée de m'en servir, cette masse était là pour ce qu'elle représentait. Du moins, je l'espérais. A mains nues, on pétrit la pâte, on étire des boudins, on malaxe de l'argile, on fait l'amour, on broie des colonnes. Je riais, j'aimais rire et profiter du temps mou. L'autre devait sans doute avoir faim, le cul ouvert, l'estomac vide, la face dans sa pisse, son sang et son vomi. Un pot de yaourt et une tranche de pain de mie que j'engloutis avec une nouvelle tasse de café. Je ne pourrais pas descendre tant que le jour, tant que l'agitation dehors. Avant que tout ça ne tourne au vinaigre, j'enfilai la clef 3G dans la bécane et je commençai à mettre en ligne les premières pages. Personne ne prendrait garde à mon travail, tout juste quelques ahuris, fanatiques et paumés du net. Non je ne ployais pas sous l'angoisse, j'appliquais mon dessein pour que, tiens, viens, lis, l'âme brille à jamais dans vos cœurs nucléaires. Je pensais que le monde saturerait de monde, qu'à partir de cinq milliards, nous serions asphyxiés par la pollution, la famine, les guerres de territoire... Mais dans l'écran, tout était blanc, banquise belle se répandait sur toutes les faces béates, cramées par les pixels. Pépère allait hurler. Je téléchargeais les premiers mots qu'ils tambourinaient déjà sur mon système nerveux... Je tenais ce blog, celui que tu lis maintenant depuis le début, bien avant, mais je préférai relater, écrire la « Chronique de la mort au bout. »

Cette énorme touffe noire à l'endroit des précipices.

Au volant de sa DS, la paume caressant le cuir, il se faisait interpeller par une mamie, par un ouvrier au chômage, par un employé de la Mairie. A tous, il promettait et jetait méchamment ses détracteurs... Il avait des ceintures avec des boucles dorées, des chaussettes en fil d'Ecosse, des slips de luxe – j'en avais repéré dans ses tiroirs – et des godasses de cador, un artiste du luxe, du pli impeccable, de la pipe vite faite et pleinement rémunérée, une femme d'occaz', des gosses rangés… Il respirait encore, se noyant dans son propre sang. Peu importait qu'il m'entende, j'avais envie de lui dire – exténué- qu'il n'avait pas appris la carte par cœur, qu'il avait un jour d'hiver, fait le choix du mauvais discours, au mauvais endroit…

« Si tu t'étais contenté d'enfin fermer ta grosse gueule de porc, tu ne serais pas là, tu serais là-haut, sur ton canapé en cuir, pétant et rotant devant une chaîne sport. »

Je passais ces images en boucle. Fallait que je descende à la cave pour lui faire son affaire. C'était bon, j'en bandais puissamment. Donnez-moi encore un instant, des coups de pieds dans les paupières pour les faire réagir. A l'intérieur, il y avait un escalier qui menait à la cave… à l'intérieur les marches sombres, le papa continûment méchant, jouant les bons géniteurs, trimant dans les génisses, s'éreintant dans Corinne sous le regard lubrique de son mari, sans les mains, juste les yeux, « sans mes mains, juste mes yeux, c'est affreux, viens, prend-là. Tiens, viens ». Mon père qui s'enlevait et qui laissait la femme aux seins lourds et cette énorme touffe noir à l'endroit des précipices… J'étais accroupi derrière la double porte de la salle à manger, entrouverte… Mon œil fixait la scène… « Tiens, viens, on va le faire à deux ». Je sentais le tissu doux de mon pyjama enfilé sans slip, je sentais le parquet froid et le chien qui reniflait ma joue. Je voulais descendre immédiatement à la cave, sans me faire buter, et le démonter à coups de marteau… Lui et mon père baisant Corinne en sandwich à même le sol, dans le salon. Et moi l'enfant terrifié, comme électrisé, démoli, avili à la vue de cette vulve ravagée… Maman n'était pas là, au travail je crois, mais moi, j'étais ici, j'étais censé être chez la gardienne de gosses, la voisine qui faisait le Benco au goûter, qui sifflait des verres d'eau de vie pendant que nous attrapions la mort dehors avec ses gosses et consort. J'avais fui, j'étais retourné dans ma maison, en passant par la fenêtre entrebâillée de ma chambre… Et j'avais entendu les cris, les voix d'hommes, les gargouillis de femme-chose… Je m'étais approché et les avais vus faire, se vautrant sur la Corinne en porte-jarretelles, gisant presque comme une cuisse de porc sur le carrelage froid. Je ne savais pas ce que c'était de baiser… Pour moi, ils la poignardaient avec leurs queues. Ils « ventripotèrent » une clope au bec, télé en sourdine pendant que Madame « lascivait » en nuisette noire et dentelles. Je n'en pouvais plus. Il était temps que tout ça cesse. Plus le temps passait et plus les pires moments s'imposaient, pourrissaient chaque pan du jour, tous les laps éveillés de la nuit. Néant.

Souvenir interrompu. Partie remise, le téléphone sonna. Je ne répondis pas, je baissai le son de la télé puis je décrochai.

« Allo ?

- Oui bonjour.

- Monsieur le Maire.

- Oui.

142

- Comment allez-vous ?

- Très bien. Il y a un problème ? Qui est à l'appareil ?

- C'est le Capitaine Ménars.

- Ok. Il y a un problème ?

- Nous avons remarqué que vos volets étaient encore fermés. Nous nous inquiétons.

- Pas de soucis. J'ai besoin de m'isoler.

- Je comprends, en de telles circonstances.

- Exact. Je vous laisse. Je tâcherai de sortir un peu d'ici demain, si je me sens mieux.

- Vous avez besoin de quelque chose ?

- De repos. »

Je raccrochai. Ça me paraissait étrange qu'il n'ait pas tiqué, cet abruti. Le temps d'une gorgée de café et le téléphone sonna de nouveau.

« Oui ?

- Qui est à l'appareil ?

- A votre avis ?

- Monsieur le Maire ?

- Qui voulez-vous que ce soit ? Qui me parle ?

- Le Capitaine Ménars encore une fois.

- J'ai besoin de repos.

- Nous avons besoin de vous. Nous savons que c'est un moment terrible pour vous. Nous avons mobilisé nos hommes pour tenter de retrouver votre femme, mais il faut vraiment que vous veniez à la rencontre du Sous-Préfet.

- Plus tard. Demain.

- Au plus tard oui. »

Une butte de boue dans la boîte en-dedans : « Imprime cette seconde et imprime cette seconde imprime cette seconde et imprime cette seconde imprime cette seconde et imprime cette seconde. Putain, marre de ces marmites de mots marteaux dans l'oreille. » Ceux qui me parlaient de *massacre à la tronçonneuse* ne savaient pas que je les voyais en travers. Ils étaient translucides, insignifiants. Ils étaient des clous rouillés plantés dans leurs propres gueules.

Mon cœur palpita. Je raccrochai de nouveau. Le temps vrillait, jouait les salauds avec ma patience. Des truffes triées dans les intestins, une fleur fanée dans l'anus, les lignes se tordirent violemment.

« Fais-toi plaisir, rase-toi le crâne devant moi, qu'il n'en reste plus un cheveu, juste ton bel œuf qui brille avec quelques croûtes de coupure et tout, hein? La femme, elle a droit aux beaux habits, et l'homme, il a droit au corps sans poils et à la couture pour qu'il ne crie plus sur la femme hein? Tiens, viens, je te montre... Allez ! Viens. »

J'aimais quand mes doigts sentaient le pâté, qu'ils étaient tout salés par des chips à pas cher. Me rongeais les ongles pour ne pas en perdre une miette spongieuse, élégante de pomme de terre frit industriellement. Car chaque instant était mon avenir... chaque seconde rebroussait chemin. Si son crâne fit « crack » sur le mur-parpaing, c'était déjà l'affaire d'un passé dépassé. Radasse de vieux connard... Je lui murmurai : « j'suis .com, j'suis follower, j'suis 2.0, j'suis phénomène sociétal, j'suis acteur du net, j'suis dans la pissotière du réseau, j'suis dans l'boom d'internet, j'suis dans les milliards de ventes, j'suis CSP+ CSP-, j'suis sur sites infos sur sites pornos j'suis scribouillard numérisé, j'suis plus un corps, j'suis plus mon cancer, j'suis plus mortel, j'suis plus agressé physiquement, j'suis armé, flingue sous canapé, sous oreiller, j'fais l'amour avec ma main, j'fake, j'filtre, j'foutre kleenex… Tu fais quoi après la noyade ? »

Ensuite, j'allais prendre un couteau de cuisine et un marteau et m'ouvrir complètement, me vider dans des sacs et m'en aller vers le Très-Haut. J'avais des érections sous-cutanées, dizaines de petites choses érectiles qui soulevaient ma peau, en de multiples pics immondes formant des crêtes, des creux, des enchevêtrements partout, sur mes bras, mes cuisses, et surtout mon visage... Qu'aurais-je fait après ma noyade? Sans doute jamais je n'aurais battu l'air et la flaque rouge avec mes bras à l'instar d'un albatros mazoutés s'ébrouant sous l'œil sadique du sauveteur dépêché par Total... Il y avait ce que les autres percevaient, et ce que l'on était vraiment. C'est un cliché, et pourtant, lorsque je rangeais les chaises, que je pliais les tables tout en papotant avec Madame Trucmuche ou Monsieur Machin, personne ne voyait l'intérieur, celui que j'allais offrir à tous un peu plus tard: des entrailles d'effroi, des organes palpitant évidés au milieu de la cave. Un beau corps fait de breloques offertes à la naissance par le seul truchement d'un coït nerveux, sans doute foireux, fait sans grâce par deux crétins excités. Le rangeux de chaises qui retenait sa vessie pour qu'elle n'éclate pas sur le sol de la salle des fêtes, pour la simple et mauvaise raison qu'il fallait écouter Madame parler de ses petits enfants, de son boulanger ou des affreux nègres qui menaçaient de lui piquer sa culture cul-terreuse de catholique traditionnelle, aussi proche de Dieu qu'un cafard d'une Miss Monde... L'ambiance dans la ville qui vous oppressait tellement vous en étouffiez debout, tellement vous vouliez vous ouvrir au sternum pour écarteler votre cage thoracique à mains nues pour laisser respirer, choper l'air direct, poumon contre atmosphère, pour respirer, pour sortir de l'étau, pour triturer un peu de liberté, pour sortir de l'étau, pour vivre, vous oxygéner... mais non, le rangeux de chaises pouvait chialer seul le soir devant sa soupe, fallait écouter ces moralistes partouzeurs, ces prometteurs de Monts et Merveilles... aux rangeux de chaises, on avait garanti un poste mieux payé, une place privilégiée pendant le spectacle de fin d'année.

« C'est le fils du Jean-Marie, tu sais, tu connais l'histoire, le pauv'gamin. »

Très bien, je balayais, et je les voyais ces vieilles biques pouffant, pleines de champ', jouant les grandes dames. 'Tain. Le terroir, « L'autre rythme de vie qu'en ville », violent, on ne pouvait pas faire deux pas sans être espionné, sans être commenté. Vous vous faisiez un tatouage sur le cul et tout le patelin était au courant... Ces salopes d'honnêtes gens matant derrière les rideaux, faisant risette en face et laminant derrière... Les plus grandes ambitions se noyaient dans l'alcool. Les junkies aux médocs et les alcoolos hurlaient qu'ils en avaient assez de cette bande de jeunes drogués regroupée à la fontaine, fumant des joints et faisant pétarader leurs pétroleuses. Mes veines étaient pleines d'une dope plus forte encore: la frustration, la haine, ... Je palliais en carrant ma queue dans une carcasse de lapin, en bousillant des bouteilles vides contre les façades des maisons de Bouzier, un village reculé à soixante kilomètres de chez moi. Lorsque j'avais vidé mes nerfs je mâchais du sang, je rongeais mes ongles, je suçais mes plaies de culpabilité, avant d'aller sur l'ordinateur, et écrire, et mater des documentaires sur ces filles connasses qui jouaient les gouines... des vieux films en streaming... et des tas d'informations pour la résurrection, les contractions de Dieu, la folie agréable d'une chute dans un grand tuyau plein de lumière. Je serai votre matière.

Il y a comme une furie douce à faire ça, des légers tremblements de chasseur, une violence purement animale qui s'attaque au système nerveux et avilie toute forme de raison... J'étais né dans l'ère pré-pornograghique avant d'entrer directement dans celle de la baise globalisée... Lorsque je regardais les cadavres à la télé, je n'étais jamais choqué, j'étais exalté. Quand je butais avec une manette, je sentais l'humidité se répandre comme du gel tout le long de mon jeune sexe. A l'âge de 13 ans, j'eus les premiers émois pour moi-même, tentant de me gober, le corps-pince tout tendu vers la nébuleuse du plaisir. J'étais capable de bouffer mon paquet de chips en reluquant un cadavre en état de putréfaction. Dépourvu de stupéfaction, j'affichais une nonchalance d'anesthésié à toutes épreuves...Quand je regardais les enfants, les mimis, les tous beaux, les areuh areuh qui fascinaient les dégueus, je ne pouvais pas m'empêcher de les vieillir et les reconnaître avec leurs faces hideuses d'adultes. Je balançai les albums photos sur lesquelles les petits-enfants de Corinne et de son mari faisaient guili-guili et je pissai abondamment dessus... « Té, la v'là la mignonade à ta race ! »

Les bains de cyanure, les rotules pétées.

Ça marche comme de la crème, un ventre en crème, épaisse mais molle, mais sucrée, mais salée, mais salope. On y passe la langue et on luit du bout des doigts quand on les trempe dedans. On y marche comme sur la lune, les orteils coincés dans la fente, on y nage comme dans les saunas, les bains de cyanure, les rotules pétées, les mains désarticulées. Limez maintenant. Tu sens à présent ta langue qui claque doucement derrière les dents.

Un petit peu chaque jour, le maudit s'échappe des fièvres caniculaires de plein hiver, des ivresses plombantes aux éjaculations pénibles après s'être excité sur une mappemonde, les matrices immondes des mégapoles shakant des hanches sur les continents qui coulent, qui couinent à l'instar d'une hanche en plastique mal vissée dans la viandasse de Madame, ex-Miss Emmental, ex-dé-putée, ex-pédé-gée de la cause gay. A rondeurs égales, le pubis « calvicié » offre un ultime soupçon de pureté-maigreur...

Le gris gros emplit chaque diurne, pète les organes, la tête, les mouvements, joue le jingle des micro-douleurs dont le corps est perclus. Un tas de passants croupit devant le mur construit dans la nuit sur l'Autoroute des Frères Taxidermistes par les djihadistes du cul, les partisans du fumer dedans, les terroristes de la picole maladive. Dedans ou dehors, démontés par la fraîche, nous nous avançons zombies sur des champs plats, spongieux, boueux, gloutons comme des sables mouvants. Décider, c'est gagner un point de vie, dépenser, c'est l'annuler. Attendre donc la face plongée en apnée dans la vase lumineuse de nos écrans-maman.

Emmurés dans la télé.

La journée passa rapidement. Je descendis à la cave à la nuit tombée.

« Dis-toi que c'est comme une carie en pire », lui dis-je avant de le frapper avec le marteau.

Ça jaillissait au ralenti, même dans le noir, des bulles immenses éclataient et me réjouissaient, m'éblouissaient même si c'était son sang. Oui je savais qu'un type en train d'agoniser se foutait bien de ma nausée, de mon mal-être. C'était toujours comme ça: la souffrance des autres primait sur la mienne. Ça se voyait dans leurs yeux, dans cette façon de se crisper en m'ignorant et je bouillonnais de colère, j'avais la nausée et je bouillonnais, et je les pulvérisais souvent quand la situation m'en donnait l'occasion. Même si j'essayais de contourner la colère, ça me revenait dessus. Les douleurs, le dégoût, je me bombardais d'images sublimes de plages sableuses, de moments paisibles, de forêts de fleurs, mais les yeux s'ouvraient et les mains tremblaient et le marteau, cette fois, s'abattit sur les os de son visage. Je le revoyais triomphant devant ses « fans », ses électeurs complètement fanatisés par un trottoir restauré ou une fête de Noël des retraités parfaitement orchestrée ou l'installation d'une entreprise de BTP. Ils avaient des problèmes et il leur balançait qu'il tenterait tout pour les aider :

« Mais vous savez avec les financiers, les énarques, les technocrates de Bruxelles, pas facile hein. »

Une trouvaille ces petits doigts sectionnés de poupée au fond d'un tiroir. Je n'étais donc pas le seul à faire régurgiter dans le réel. Tout chiasseux, le bénard rempli de merde et de pisse, les yeux et les mains bandées sans doigts, il me suppliait de le sortir, de le ramener au monde. Mais moi, mes nerfs! Les nerfs! Le souvenir de mes nerfs quand l'autre s'écoulait de violence sur la mère, sur les murs, les carrosseries de la poubelle Renault, ses yeux vitreux, sa bouche mouillée mêlée de moustiquaires invisibles, le dindon brelan jaillissant du falzar, les dents du fond fumées à la mauvaise haleine et ses nerfs ! Ses nerfs ! Il me supplia de le sortir de là, de la ramener au monde, mais les nerfs ! MES nerfs ! Qu'en avait-il à faire ?!

Sans ses doigts, sans sa langue, ses zozotements de bête arriérée, le train arrière balancé sur le matelas de mousse bosselé, cradingue, qu'avait-il à en faire quand il paradait sur

150

ses estrades, serrant les pinces de ces vieilles peaux, pinçant le cul des femmes de ménage, houspillant la secrétaire, crachant à la face du seul arabe du patelin, le taquin hein ?! Qu'il était taquin hein ?! Il ruinait des vies, trempait toutes les muqueuses de son corps dans les orifices de ses électeurs, tournant autour du pot quand nécessaire, qu'en avait-il à faire ?!

En livrant le cul de sa Corinne à mon père, des dizaines de fois, lui volant les entrailles ensuite, le dénonçant, l'humiliant, le poussant à se jeter dans le vide avant de reprendre la direction de la ville, parader encore, naufrageant sa famille, m'ordonnant, moi l'inadapté social « que j'ai sorti de la merde » comme il aimait à se vanter ! L'enfoiré, le petit père du petit peuple d'une petite ville qui se croyait de sang pur. De sang pute en fait, des lâches retranchés derrière leurs murs, emmurés dans la télé, calfeutrés dans la couche de cirage, la gueule de bois, les chevilles enflées à chaque slogan hurlé. Il avait bâti ses monuments hein !

Les Nerfs ! Une zone commerciale avec un Leclerc qui faisait office de Pyramide prestigieuse, une statue de ce grand con du Général de Gaulle sur la place des cons morts pour la France des antisémites ! Ça c'est les nerfs, c'était là, avec son cul en arrière, ses doigts boudinés découpés grillés au four ! Des nerfs, des fanfreluches politiques pour mieux se rincer, devenir le gros porc local défenseur du terroir des cons, les producteurs de cochons, de bovins et de cultures de saucisses grasses aussi saines qu'un bol de soupe radioactive. Il était là, dans ses derniers instants à se penser naturel. Un cancrelat à la bouche pâteuse d'ancien fumeur, de « bon vivant », de « pestifère », d'imposteur… « Tu vois mon vieux, je vais t'en remettre un coup. J'ai la salive fluide quand tu me fous les nerfs. J'ai la trique, j'ai l'œil vif. » Puis j'ouvrais mon pantalon et j'écoutais le son des succions.

De l'extérieur-ventre à l'intérieur-monde.

Un peu partout mais surtout dans cette petite ville, parler de travers, oser dire autre chose que la masse-majorité, le peuple comme ils disent, c'était s'exposer au bannissement. Et pour moi, c'était l'ouverture d'un vaste territoire de chasse où chaque être vivant était du gibier.

En pénétrant dans l'âme, je serai avec tant d'autres, cette métastase contribuant à la destruction de l'organisme global enfermant l'Homme dans ce qu'il revendique de plus médiocre et dangereux: l'honnêteté et l'ordre. A l'échelle d'un corps d'un mètre quatre-vingt, quatre-vingt-cinq kilos, quelques yeux et des membres, je n'avais pu commencer mon œuvre qu'à l'échelle microscopique. Désormais, je passerais à la production industrielle du chaos, je partirais à la conquête de l'usine... ça tire dans tous les coins, les fenêtres et les portes tremblent, il est temps de dissoudre mes chairs et me laisser tomber dans vos néants... Ces années assis devant leur maison, la tête dans les mains, les yeux fixés-fusil vers la palissade et la prière en boucle: « Faites qu'ils se suicident là maintenant Faites qu'ils se suicident là maintenant Faites qu'ils se suicident là maintenant Faites qu'ils se suicident là maintenant ... »

Je n'avais pas cette mollesse croûteuse des artistes contemporains, ces rêvasseux sans panache qui prenaient un message affirmé et direct comme une caillasse explosant une face... Qu'ils aillent se faire foutre ces peigneux du dimanche, prout prout plan plan baignant du matin jusqu'au soir dans « l'art »... Des carrés bleus, rouges, des barres blanches, vertes, etc. Les toiles qu'il avait accrochées aux murs n'étaient que d'affreuses croûtes prétentieuses réalisées par ces nazes qui lâchaient de l'abstrait par le simple fait qu'il y avait des trafiquants fiscaux qui misaient là-dessus. Je pissai dessus, je chiai dessus, je tranchai et explosai dans les coins ces supercheries picturales hors de prix.

Ou d'autres fois où je m'agenouillais derrière le cerisier, que je regardais le vieux maire bêcher son potager, s'essuyant le front suant, s'asseyant souvent pour sucer une cigarette, regardant la rue, les voitures, la fumée de sa clope, les voitures, et profiter des murs porteurs du bonheur qu'étaient un arbre, un plein soleil et l'ombre entre les deux...

Ces années assis devant la maison de Corinne et son mari, la tête dans les mains, les yeux fixés-fusil vers la palissade et la prière en boucle: « Faites qu'ils se suicident là maintenant Faite qu'ils se suicident là maintenant Faites qu'ils se suicident là maintenant Faites qu'ils se suicident là maintenant ... »

A fixer la montre toutes les cinq secondes et compter: « Il va entendre tout là-haut et réaliser ma prière. »

« Oui! Prend ces menottes, enfile-les et attache-toi à ma cheville », j'avais le pouvoir à mes pieds, la respectabilité qui rampait comme une traînée...

Qui n'aimait pas l'odeur de l'essence à la pompe? Derrière la machine à air en panne, je humais le pétrole, j'aimais ça, et je les regardais, elle et lui et les autres... Et je claquais une allumette en espérant qu'elle m'échappe des doigts, que la flamme se fende sur une rigole de carburant paumée à mes pieds. Je n'avais pas mis deux jours pour préparer l'attentat, l'histoire d'amour/de/cul avec Corinne, la mise en cave de son mari... Des mois, des années à errer autour de chez eux, à faire semblant de faire la sieste dans l'herbe, à simuler le salut amical. J'étudiais les allers et venues, je fulminais, les images de papa la baisant en levrette et le maire par-dessus à la façon d'un hotdog...

Quand je l'écris comme ça, c'est pour le côté extrême, le vertige, la chute libre, l'embryon de plis de mains dans le vagin de leur histoire, à chacun, du matin, du midi, à l'heure de sa choucroute, son croûton de pain et le pâteux de sa grosse bouche qui aspire le jus de chou. Pendant que ses yeux à elle pissaient de larmes d'émotion devant mon père qui lui faisait le coup des promesses pour épancher son chibre entre une pile de pulls et un poêle à fioul brûlant. C'était l'époque où certains pensaient encore que les fusées transperçaient l'atmosphère laissant s'échapper l'air et l'ozone dans l'espace. Au champ, à l'usine, à la maison, à la fontaine, au troquet, on ne parlait que de ça, des tremblements de terre qui ressemblaient à la Bible et aux incendies de forêt qui prédisaient des déluges. On mélangeait tout, pourvu que l'on flippe, que ce que la télé devienne la vérité et que le monde ne soit plus qu'un chenil pour monstres à l'instar des lieux lointains narrés par Marco Polo. Quand ils passaient leur temps à trembler devant cette planète devenue folle, je les observais, comprenant tout petit, qu'ils faisaient autre chose qu'à bosser, jouer aux boules ou parler des heures à ne rien dire autour d'une table. Ils se mettaient des raclées tout en engueulant les gosses parce qu'ils se battaient.

On donnait encore de bonnes corrections et on fumait des clopes, de la bagnole au lit conjugal en passant par les chiottes et la chambre du petit. L'époque avait le soleil plus franc, moins emmailloté dans une brume industrielle... Il ne provoquait que des heures de rires et quelques écarts. Un temps de voitures 100% métallique et 100% pétrole aux banquettes molles et au pot d'échappement pétaradant. Je volais les fringues sur les fils à sécher le linge puis je les lacérais à coups de couteau de cuisine, planqué le dimanche dans le préau désert de l'école.

« Tu étais où, ça fait une heure qu'on te cherche. »

J'étais à la phase préparatoire du retour de bâton, truands...

« La nuit porte conseils pour celui qui restera sage », et dès le lendemain, après une nuit de cauchemars mêlant des mamelons maternels géants à des pattes de rats morts bouffés par les flammes, j'ébauchais des silhouettes déglinguées avec un crayon et une feuille de papier. La marmite était pleine alors que la vie venait à peine de commencer. La cime de mon bonheur n'avait sans doute duré que le temps de l'accouchement lorsque je plongeai intégralement de l'extérieur-ventre à l'intérieur-monde.

Et figé de peur, je bredouillais ma commande à la boulangère, des secondes qui duraient des heures, un temps si long de honte avec la dame derrière qui poussait parce que pressée, qui n'avait pas que ça à faire, qui devait faire cuire ses carottes pour son bœuf bourguignon et ce petit là qui ne sait même pas ce qu'il veut. Il me fallait littéralement jaillir de moi comme un tigre et trouer le placenta de timidité qui m'étouffait:

« Une... une... braguette madrame... »

Je limitais mes gestes, mes actions comme pour arrêter le temps, pour ne pas y aller, ne plus me confronter aux autres gosses, et à l'instit' avec sa règle en fer et ses calculs, ses dates enchevêtrées d'Histoire de France, pour ne plus avancer dans le temps, ne plus grandir, spectateur vigilant de la dislocation des vies des adultes et son impact sur mes mondes.

Tous ressortissants de l'enfer en ordre de marche.

Ainsi, j'étais parvenu, une ultime fois à cloîtrer le temps dans un laps suspendu... Avant de vous livrer mon âme, j'avais donc mis tous les ressortissants de l'Enfer en ordre de marche. La ville entière était cadenassée désormais. Les hélicoptères, les bagnoles de flics, les hauts parleurs et les badauds entassés derrière des barrières de sécurité... La presse s'agglutinait, cherchait les images... Ils brodaient toute la journée, rejouant toujours le même scénario du forcené enfermé avec ses otages, une biographie foireuse du méchant, une biographie cajoleuse de l'otage... C'était cette bande de brèles sans cervelle qui était censée informer les téléspectateurs... Ils ne savaient rien de moi, ils ne voyaient qu'une situation standard, ils ne cherchaient pas à savoir, ils ne pouvaient pas concevoir que ce maire porcin méritait la mort, méritait la torture, méritait les pires souffrances... Les coups de fil du gendarme Menars m'avaient démasqué.

Un mélange d'aubergines trop cuites, de poudre de cumin et de crème zéro pour cent en guise de repas ultime, le cadeau fait à ma bidoche... C'était absolument dégueulasse, mais il ne restait plus que ça et quelques Palmito brisés au fond d'un paquet. En pleine débâcle intime, je n'avais rien trouvé de mieux que ça, puisque j'étais dans le noir, privé d'eau du robinet, d'électricité, de trou de chiottes... Muni d'une cuillère à soupe je prenais de grosses bouchées m'emplissant jusqu'à l'étouffement. Inutile de balbutier quelques petits cris de filles fluettes, la tempête faisait rage, les tarés tentaient le tout pour le tout...

Corinne, peu de temps avant d'en faire ma complice souffrance, je l'avais vérifiée sur internet. Son chien, un Fox Terrier sublime, était inscrit sur une agence de casting en ligne pour animaux de compagnie. « Naannn. » Et sans doute, après les années fastes où sa peau lisse et ses fesses rondes avaient fait des ravages, elle se trouva avachie chez elle, entourée de ses vieilles amies: des poupées, des pantins, de médiocres heures passées à écouter des émissions ringardes à la Radio Luxembourg. Et alors que les matins gelaient de plus en plus fort, elle avait réalisé que son salut résidait dans la masse agitée de son chien-chien bien dressé... La liberté était là et d'un revers mou de la main, elle avait pu mettre son passé aux oubliettes pour se jeter à corps perdu dans le dandysme animalier du nouveau millénaire. Mais où en étions-nous arrivés? Fièrement, accoutrée guidée, la bonne femme emmenait le clébard aux studios de télévision, de journaux. De

30 millions d'amis à Marie Claire en passant par le tournage d'un clip hideux pour un groupe de trip-hop allemande, elle échappait quelques heures ou quelques jours à l'emprise de son gros lard de monarque local. La marmelade de jeune mamie aux orteils Cotillard boudinés sans talent, fade et crasseux entre. Son dos était courbé sur la bête qui refusait d'obéir si bien que les larmes lui montaient aux yeux, la zigouillait de dedans, la bête qui refusait de lui obéir, de grimper sur l'estrade et faire la belle quand on gueulait « on tourne! » J'ai la syntaxe du p'tit père qui s'en fout, qui est pressé, qui court dans les couloirs, claqué, rouge, essoufflé. C'est cette pauvre femme dépitée que j'avais récupérée. Lorsque j'écrasai mon petit doigt sur son vaste front, que je le badigeonnai de son sang épais, je crus comprendre qu'elle aurait aimé ne jamais salir mon enfance avec sa chatte vorace. Je crois que c'est un peu ça qu'elle me disait en déglutissant péniblement ses derniers instants. Hein. Tiens, viens...

« Ta robe de mariée, tu l'as souillée et moi je t'ai corrigée, ta robe de mariée, tu l'avais oubliée, et je... »

Comme ça, dans le blanc léger taché par ses membres sectionnés, elle semblait paisible, tout juste soulagée de plaisir livré par mon étreinte virile... Me laver ensuite, juste après les aubergines et les Palmito, dans les restes d'eau du bain que j'avais pris soin de ne pas vider. Me peigner les restes de cheveux, m'astiquer tous les membres, me rincer les dents et me frotter, trempé, les pieds posés sur le tapis doux de la salle de bain.

« Juste avant la fin, ma bidoche à moi fera belle impression. »

J'ajustai un trait de maquillage, je t'explique!, pour enjoliver mon visage épuisé par plusieurs jours de labeur...

J'avais l'ordinateur portable et ses restes de batterie que j'économisais au maximum. Il me restait ma petite radio à piles d'où blablataient les commentateurs de tous poils en quête de témoignages:

« C'était un homme plutôt isolé, mais toujours poli, sympathique et toujours prêt à donner un coup de main. Nous sommes choqués, surtout qu'il l'aimait bien Monsieur le Maire, il bossait pour lui. Il bossait pour la salle municipale... et... »

Le sujet flatteur de son chien de concours.

« Quelle jolie maison vous avez, et quel jardin impeccable. C'est tout à fait charmant et gentil à vous de m'inviter à boire un thé. »

Quelques jours avant l'opération, j'avais pris soin de repérer les lieux. Je portais le beau petit pull blanc, le jean noir et les chaussures blanches à scratch achetées en 1986 au Cora... Elle levait le petit doigt et se demandait un peu ce que je faisais là. Mais je la flattai: « Vous avez un joli chien. Gagne-t-il des compétitions ? », elle avait l'œil pétillant, une eau gazeuse dans son regard, ses ongles biens vernis, la bouche pleine de soda et de miettes trempées de chips Vico.

« Vous vouliez donc parler à mon mari ?

- Oui, c'est à propos de la visite du Ministre. Je me permets de passer parce qu'il y a un certain nombre de problèmes de sécurité.

- Ah nous allons faire la Une de l'information. Je suis honorée.

- Moi aussi. »

Je rempilai sur le sujet flatteur de son chien de concours. Elle m'expliqua qu'elle le dressait mais que la bête avait un caractère pour ça. Elle avait fait des castings et elle avait bénéficié de voyages tous frais payés pour des tournages en Suisse, en Belgique, etc. J'en n'avais rien à faire, mes frissons irisaient les poils de mes avant-bras. Un joli soleil entra dans la pièce et illuminait son visage.

« Mon père dressait aussi des chiens.

- Oui je sais.

- Vous avez bien connu mon père n'est-ce pas ?

- Humpff oui, plutôt, mon mari et lui étaient amis.

- Je comprends. Je me rappelle.

- Oui, vous étiez un petit garçon à l'époque. »

Bancal. Je tremblais un peu et je regardais partout, curieux de tout, attentif aux moindres détails. Je regardais aussi ses jambes, la finesse de ses bas et la forme vieille de ses genoux, ces cailloux difformes… Les peaux avaient perdu de leur fermeté, les muscles étaient traversés par des vers mous. « Qu'est ce que je vais foutre de ça, ce tas, cette élégante de confessionnal ?»… Le chien se lécha les boules avant d'enfouir sa gueule entre ses grandes pattes. Et ses petits mollets d'exgreluche, d'élastique à pan tiré dans le siège de son intelligence: sa culotte, sale, propre, sa culotte quand même malgré le rouge à lèvres en graisse de baleine, son enfance sur une trottinette et à l'intérieur d'une corde à sauter. Son mari ne vint pas ce jour-là: « Un contretemps ». On givre peu à peu, à contretemps, elle gardait ses doigts en huit sur ses cuisses faisandées qui me donnaient de l'appétit. « Et bien tant pis, je reviendrai tantôt lorsqu'il sera disponible. Dites-lui simplement qu'il y a urgence ». Elle n'y manquerait pas, toute droite, à peine évasée par des hanches grassouillettes. Le chien me fit la fête du départ, tout était en place dans la maison, y compris les loquets des volets. Les visages se portaient bien à la sortie de la maison, des coups de batteries dans la tempe; la pelouse bien tondue, un siècle pur, soleil couchant, lumière tiède grisaillée par quelques cotons de pluie. La basse, mes semelles qui faisaient crac crac dans les graviers si purs, nettoyés un à un par des esclaves sales entassés sur une île, là-bas, la déchetterie Atlantide... L'électronique des doigts criblés d'ongles immenses, longs des siècles, transperçant le voile fluet, le ramassis de carrosseries pare-chocs contre pare-chocs, les imbéciles dansant, le défilement rapide des lampadaires sur le bord de l'autoroute venue s'écraser dans notre ville-gouffre... Je roulai trois jours et trois nuits, m'arrêtant uniquement dans les aires d'autoroute sans station essence, sans restaurant, sans machines à café. Ma nuque brisée durant le sommeil, mes paumes moites sur le volant. Je roulai jusqu'à la frontière sans jamais la franchir et m'arrêtai là-bas, dans la ruine de la maison de papa où mon oncle m'avait violé, mais si je l'ai dit, je l'ai écrit avant...

Mon père, ce collègue s'était suicidé deux mois plus tôt et déjà tout le monde l'avait oublié, s'engueulant pour les promos des uns, les retards des autres... Ni à la mairie ni à la salle municipale, on ne revenait sur cette affaire. Il y avait toujours un malaise avec la mort, celle de ceux qui s'étaient suicidés. Pour beaucoup, celui qui se donnait la mort était un lâche, un salaud, un détraqué, un malade mental... Je pensais plutôt que ces gens avaient été mal orientés à la naissance, qu'ils avaient été injectés dans le mauvais monde – un peu comme les transsexuels balancés dans le mauvais corps – et que cela les faisait tellement souffrir qu'ils avaient repris le voyage, armés de leur bâton d'errants de l'espace-temps. En se donnant la mort ici, ils se jetaient au hasard dans l'infini des univers, espérant retomber dans le bon. Quel courage et quelle lucidité ! D'autres n'avaient jamais eu la force de le faire. Pour certains, ils avaient subi un traitement de choc, un lavage de cerveau tel qu'ils avaient renoncé à rejoindre leur véritable territoire. Le bruit du tissu sur les mouvements, des tissus dans le noir... j'allais moi aussi partir mais pour rester ici. L'erreur initiale, pour moi (comme pour beaucoup d'autres), c'était de m'avoir fourni un corps avec mon esprit. Ce corps encombrant, rarement en forme, souvent en mauvaise santé, réceptacle de toutes les corrections et de désirs sexuels, morbides, ne m'était pas indispensable. Comprenez. Tiens, viens. Il ne servait à rien. Vous pouviez désormais piller mon corps car ce furent mes doléances. Je ne donnais pas mon corps à la science, pas à la terre, pas plus que je le livrais aux flammes: je l'offrais au pillage, à la lapidation, au « charcutage » et à la dislocation... Les premiers vautours étaient prêts, la croupe tendue, les gilets pare-balles serrés, les armes chargées. Qu'en avais-je à faire, moi qui voguait si loin de cette enveloppe-charnier.

« Moi je danse la vodka!
- C'est Polka, pas Vodka.

- Ta gueule, moi je danse la vodka », une larme de secousses sismiques le fit trébucher.

Un chat hurla, une chambre s'écroula, mais il se releva et dansa et chanta: « Moi je danse la vodka ! »

Je l'avais beau dans la ligne de mes yeux pleins d'pipi, je l'avais sexy, tatouages intégraux, grimaces de méchant, le

« déambulé » musclé vrombissant comme une voiture de sport. Je n'osai pas l'approcher tout de suite... mais le saillant de ses muscles, la croupe tendue, les quelques dents en or et le flingue sous le paletot en faisait une statue romaine en mouvement. Bien sûr, vous pensiez que j'étais fondu dans l'âme, vous le pensiez si fort collectivement et pourtant vos yeux explosaient dans leurs orbites quand mes mains broyaient votre gorge... L'effroi, c'est vous. L'orgasme, c'est moi. Il avait fallu laisser le corps à la maladie pour voir, pour ne plus lutter, pour laisser faire. Sans cet animal qui me détruisait, je ne serais jamais allé jusqu'à ce crépuscule sanglant... Grosso modo, c'était un fourbi de langues du monde entier, et ça, les habitants de la ville n'aimaient pas ça. Ce qu'ils voulaient eux, c'était rester entre eux, dans la tradition: rouler en Citröen ou en Renault, aller faire leurs courses au Leclerc ou au Super U, manger du jambon français en paquet plastique et mater des émissions de variétoches infectes qu'ils pensaient sans doute nées depuis la nuit des temps. Moi, je ne faisais rien. Je les regardais et je savais que j'avais du pus dans la gencive qui me faisait souffrir. A les voir se débattre dans leur pathétique lutte pour mettre en pratique leurs fables identitaires, je me sentais mieux, ça me faisait rire et ça atténuait les douleurs.

En se promenant en slip dans la maison, mon père affirmait son rôle de mâle dominant. Parfois, dès neuf heures du matin, il décapsulait des canettes avec les dents... Cette attitude bouffonne et celle qui consistait à lustrer des enjoliveurs, je l'admirais au plus haut point... C'était un homme plutôt brutal mais qui savait utiliser ses grosses paluches pour rassurer... J'avais ce souvenir là, et celui de ce coup de bâton qu'il m'asséna dans le nez. Il dégageait quelque chose de puissant, de fort, de cinglant et pinçant. Il était une silhouette derrière un drap qui séchait dans un jardin aux allées cimentées, à la pelouse bien tondue. La colline était bombée, verte, triomphante au-dessus d'une vallée étroite encombrée de maisons grises noires et d'usines de fonte désaffectées.

A toutes les entrées de la ville, ils avaient installé des check points où des militaires et des gendarmes à la peau rosée et à l'attitude suffisante, contrôlaient chaque véhicule. C'était sublime à observer via internet. Une mouche bleue planait dans la maison, en plein hiver. Elle bourdonnait par intermittence, appâtée par la cuvette remplie des toilettes ainsi que toutes les ordures pourrissant un peu partout. L'éphéméride, l'astrologie du jour, la météo et le JT de vingt heures, voilà l'essentiel pour remplacer les troquets où on ne pouvait ni fumer ni boire à un prix raisonnable...

L'écran de la mort...

« Je t'offre un écran de fumée, une incision de la carotide et un bon de réduction pour l'enfer, et ensuite tu sautes dans le vide... », le rire désamorçait un peu le stress d'avant...

Finalement, je n'avais eu aucun regret. Corinne avait été esquivée par la vie, mise au bloc opératoire d'une casse abandonnée dans le désert derrière l'usine. L'essentiel était que, déjà si tôt, j'avais vu à travers le mur, le sable, les crêtes enneigées tout loin, le pantalon en haillons. Des ruines aussi, et cette immense bâtiment flambant neuf au milieu. A portée de mains.

« Un jour, j'irai là-bas, mais pour ça, je devrai tout nettoyer sur mon passage. » La démesure d'une étendue presque sans fin vue des milliers de fois au petit matin, à l'est du Jourdain, du Colorado, des Monts bleus de XeCire XXI, les rigoles d'eaux boueuses, les volcans effondrés d'Econdrie, les carcasses des Satellites Xilla. Une menace...

La trouille s'en allait, était remplacée par des courses de larves sous les pieds.

De belles bordures, l'eau bleue de la piscine, et tout autour une ville brûlée atomique. La silhouette de la fille E.T., la bouillie qui lui sortait de la bouche, la gueule de l'animal. Les bombardements d'images s'étaient accélérés au fil du temps, et brusquement, j'avais un moyen d'y échapper. Du rat mort au maire émietté, comprenez, j'aurais pu continuer comme ça jusqu'à venir à vous, dans votre appartement, au pied de votre lit, les mains jointes, le style moine priant avant de vous asperger de détergeant.

Et ce ciel-là, qui l'avait inventé ? Silence.

Parfois, dans les méandres de la pensée, je me laissais aller à une info débile entendue le matin même. Et ça me berçait, ça me soulageait de les savoir plus en souffrance que moi. Ça me réjouissait, ça embellissait ma journée. A mesure que les roustes pleuvaient, la circulation s'estompait, les bagnoles se figeaient telles de fidèles soldats métalliques au garde-à-vous. Pour échapper au torrent de violence, je cueillais des myrtilles, m'en badigeonnant les dents, les gencives, en murmurant: « Regarde j'ai du sang. »

Suite à cette avalanche, j'en avais l'estomac engourdi « de tout ce fructose et ces acides ». Lorsqu'on me libérait, je réajustais ma chemise, mon pantalon, je remontais mes chaussettes et je retournais dans le palais, la chambre, la cabane des oiseaux, des animaux gentils et des monstres tenus en cage. Les nuages étaient bouleversés, se métamorphosant en visages de Batman, de Jacques Chirac, de Félix le Chat, d'androïdes et d'Inspecteur Harry. Je pensais que la miséricorde était réservée aux condamnés, juste avant la pendaison. Une sorte de rédemption proposée par Dieu par l'intermédiaire d'un curé du Far West. Le temps colimaçon. Plonger dans le sommeil était une glissade désagréable en toboggan... Nous n'en étions pas encore vraiment à la télé comme substitut du curé si bien que les chétifs, les éclopés, les mongoliens étaient tout de même des parias encombrants... Pour survivre un peu socialement, il fallait se fondre dans le local, la douce connivence villageoise où chacun reluquait l'autre, ou parfois les conflits se réglaient à coups de fusil de chasse ou de branlée au fond d'un jardin, dans un bois ou derrière un garage…

On tuait le cochon et on conchiait l'excentricité.

Il n'était pas rare qu'un gosse soit tué par un frangin jouant au gangster américain avec l'arme chargée du chasseur, qu'un père défonce un autre père parce que leurs fistons s'étaient battus à l'école… Je mélangeais le passé, le présent et l'avenir, j'étais dans l'instant absolu, figé, les doigts claquant rapidement sur le clavier dans le silence cotonneux de ma fin du monde. Les types du RAID étaient prêts, je les voyais dans la chaîne d'information en continu. Je l'étais aussi. J'avais un seul regret : celui de n'avoir pu retourner à la cave pour l'achever. Les coups de marteau n'avaient pas suffi. Il respirait encore lorsque j'ai dû déguerpir de la cave pour rejoindre la maison suite au commencement de l'assaut des forces spéciales. Avec un peu de chance, ce salopard serait mort d'autre chose, des suites des infections des plaies que je lui avais faites. Fluet, gémissant, les belles mains de maman, de papa, des amis se posèrent sur moi. Allongé sur le canapé, je murmurai « Partez !». Le miracle allait se produire. J'étais né électricité et je retournerais électricité. En l'espace d'une vie si courte, l'Humanité avait construit le cerveau global, l'âme planétaire dans laquelle j'allais plonger avec délectation. Les derniers éléments de ce monde-viande qui me parviendraient, seraient des bruits d'hélicoptères furieux, de sirènes hurlantes, de coups de feu, de cris, de portes et de fenêtres explosées. Mon flingue en main, je serais dos au mur, bras tendu, tirant tout droit, vidant le chargeur sur les fantômes cagoulés qui se rueraient dans mon périmètre. Ils pourraient ensuite me donner le qualificatif qu'ils voudraient, je saurais moi que je planais fusée dans les couches fines de la stratosphère virtuelle… Tiens, viens… le chemin, c'est par là.

Voilà, je vous fais cadeau de petits riens, de micros douleurs, de petits riens, d'appels au calme, je vous fais offrande de tout ce qui m'a appartenu, de la barbaque, des gesticulations, un esprit consistant comme une carte à jouer. Je vous offre la petite boutique dans le coin de la rue, le troquet aussi où les fumeurs sèchent sur le trottoir, tombant raides d'asphyxie. J'en fais cadeau, je l'offre au plus avide, le passant, le premier à se pencher pour ramasser mes miettes, mes peaux mortes, mon salon en croûte de cuir. J'offre aussi le père, son foie ballon éclaté dans ses viscères, la mère hachée freluquet entre les lames d'acier de la carcasse enflammée. J'offre la manufacture qui deviendra grande, ses machines-outils, ses travailleurs forcenés... Liquidation totale, paillasson rentré dans la maison. Je vous ai tout livré, l'essentiel, le général, le particulier, le water closet d'une existence et les secrets que vous n'aviez pas encore découvert. Vous pourrez dire de l'enfant qu'il n'était qu'assassin, mais alors, seriez-vous sourds? Aveugles? Parfaitement crétins? Je ne cherche pas à être grossier. Si j'avais eu le corps de la Planète Morte ou d'une comète ou même d'une de ces Supernovas démentes, je serais resté plus longtemps pour tous vous engloutir... On n'entre pas dans le Tout pour y disparaître, mais pour en revenir. Je vous livre aussi des rêves, des espoirs déchiquetés dans le creux de vos canapés, je vous les donne sans rien exiger sauf que vous ne parliez pas de tout ça, que vous le gardiez tout serré dans votre esprit, dans un coin caché, secret... Que vous vous fassiez tringler par vos financiers ou assouplir par les coups de butoir de vos hiérarques, un soir une trappe s'ouvrira sous vos pieds et vous disparaîtrez dans les grands bras des crocs massacreurs. Tout avait fini par devenir gesticulations stériles. L'Homme n'était plus qu'un loisir, une digue jetée sur la peau frissonnante de mon chibre... Ils auraient voulu me traîner, poignets liés par des menottes d'acier, dans les couloirs des tribunaux ou des hectares carcéraux. Ça leur aurait plu de me réduire en bouillie, me faire une image du Mal, d'un représentant parfait de Satan. Mais nan, je n'ai jamais été ça, j'étais le petit avec la gomme qui effaçait cent fois les traits mal faits au crayon HB sur la feuille de papier. Tiens, viens, souris, une fable de plus dessine la réalité... Et bien non, le tueur ne prenait pas son téléphone, ne parlait pas en murmurant avec une voix grave, menaçante. Il ne parlait pas doucement, calmement, il ne donnait pas des rendez-vous au flic pour le défier. Non, ça non, le tueur ne faisait pas ça, parce qu'il ne faisait pas le mal, il ne tuait pas en fait, il sauvait... et il jouissait avant de retourner se cacher.

Une charge de plastique sous des citoyens en toc...

Peu importait tout ce qui avait pu se passer. J'avais du respect pour les flics, durant quelques minutes, lorsque j'étais calme, que je regardais des émissions sur les criminels, ces salauds qui faisaient du mal aux innocents. Puis je les haïssais quand nécessaire. Mon secret, c'était un peu ça: ne jamais me souvenir précisément.

Ne riez pas. Ce qui a été détruit entre la naissance et l'adolescence ne peut plus être jamais réparé. Il n'existe plus qu'un seul objectif inscrit dans la chair, dans l'âme, dans tous les orifices du corps: la vengeance. La vengeance aveugle et réparatrice.

Le petit - et ses doigts - battu par les monstres allaient se déployer jusqu'à devenir lui-même un monstre, un maître-monstre, le pire de tous pour les attraper par les cheveux, leur arracher du crâne, les vider de leur sang, de leurs entrailles. Voilà ce qui se passe quand une ordure alcoolique pisse dans la bouche de son gosse, quand une femme aux petits os ferme les yeux à l'instant des coups. Le monstre naît comme ça, en quelques épisodes courts, hurlants, infernaux, baignés dans une lumière verte... Le ventre à l'air à jouer avec le trou, le faire rougir, et les yeux noirs, la voix d'outre-mort murmurant :

«Un jour, tu vas voir, et mon Dieu me protégera et me laissera me venger et me laissera vous griller la gueule dans les flammes de l'enfer, les cascades de flammes de la forêt d'ArtenGire. »

De très jolis tissus solides reprisés à la main... Tic tac obsédant, tout le temps, le frigo américain, le tapis persan qui coûta un bras, une vie, un siècle. Ses pieds gros, ses chevilles grosses, calés dans des charentaises chaudes, chimiques, chaudes et humides et chimiques, imbibées.

Je profitais de la dépression collective pour les mater de dos, leurs gros culs, leurs airs avachis, leurs gueules de patriotes planqués derrière un flic armé hurlant « è pas peur de toi négro hein! »... Ils m'émouvaient, me touchaient. Les gens qui avaient peur, les ignorants se considérant comme des purs, des vrais, étaient toujours émouvants, fébriles... érogènes.

« Tu mets des jeans et des sweats à capuche tous les jours... C'est ta burqa à toi ma chérie, hein ? »

J'aimais les personnes vertigineuses à l'intérieur... C'est pourquoi je n'avais pas de vie sociale, quasiment aucun ami et aucun lien avec ceux qui furent classés « famille »... Découper un corps, m'en servir d'en-cas ou de décoration provisoire d'un instant donné ne me posait pas de problèmes, tout au plus un dégoût instantané vite effacé par une bonne défonce à la vinasse ou au Menu XXL de Mac Do.

Les ombres étaient tout autour, des traces de merde, de doigts croûteux sur le papier-peint avec les nuages blancs, le ciel bleu, les oiseaux cucul la praline, le papier-peint pour enfant aspergé par les déjections des ombres, les fantômes, les spectres qui faisaient la nouba autour du corps chétif recroquevillé crevette sous la couette, le duvet rouge, la carcasse désossée d'un dog allemand qui couinait encore.

Crâne dolichocéphale dans les nuits souterraines.

Et lorsqu'on sort de son propre cauchemar, à la lisière de la mort, alors on commence à écrire l'obscurité des autres, la beauté de cette obscurité, la douceur de cette obscurité...

L'immunologie d'un grotesque distrayant, un tri permanent entre l'houri et le détonateur, une indigestion douloureuse faite de dignitaires dimorphes et de gotons chaudes comme la braise. Des abus en sourdine jusqu'aux râles de plaisir d'un immonde bonhomme à la face d'otocyon.

Dans le bus étouffant puant la chaussette et le rot au sauciflard, nous feuilletions Podium et nous fûmes ahuris à la lecture de cette question d'une fille de 14 ans :

« J'ai un pubis proéminent, c'est très moche, que dois-je faire ? »

Nous venions d'apprendre deux mots en quelques lignes, mais nous avions aussi compris que les filles étaient des réceptacles à quelque chose... mais quoi ?

Le soulagement fut immense lorsque je passai la tête par le vasistas, l'air avait été interdit, le fruit défendu du type qui strangule un autre type. J'aperçus immédiatement l'hélicoptère et les tireurs en embuscade, l'agglutination de gendarmes tout autour, les badauds au loin, les lunettes des journalistes, les caméras, les bras tendus érigeant des Smartphones, braquant, visant ma face noire, mes... jolies mains presque marron, sang séché... C'était un soulagement, le ciel était clair, des oiseaux cassaient le bruit du vent, des vulves apeurées mataient par-dessus les épaules des messieurs, un 4x4 là, un haut-parleur ailleurs, c'était donc ça respirer, le dernier souffle, l'air frais, l'ennemi figé par la surprise, incapable de réaliser que j'osais les narguer par le vasistas, les dents patraques, la peau pleine du sang sec de la bête apeurée que j'avais baisée, braisée et dégustée. L'estomac gorgé du corps de leur maire, de la femme du maire, un opium puissant pour leurs yeux écarquillés, ces retrayants soudain obligés de me faire face avant que je m'aplatisse de nouveau pour retourner dans la salle de bain.

« Dans deux - trois heures, ils m'immortaliseront dans le feuilleton des infos en continu. »

L'horreur de côtoyer des gens qui déballent tout, sans aucun mystère, sans retenue, qui exposent tout, du plus naze au plus intéressant au point d'en devenir des que-dalle, des tout-le-monde, des sans intérêts... Un peu comme un mec et une fille qui auraient envie l'un de l'autre et qui, au moment de passer aux choses sérieuses, lâcheraient une grosse caisse puante.

J'en n'avais rien à foutre de mon statut d'homme, de chasseur, de tendre aux poings d'acier à la gesticule semi-ferme, j'en n'avais rien à faire, j'avais les écrans bien sûr, j'avais la voiture et les femmes sur du papier glacé ou tronchées sur des sites en streaming bien référencés. A quoi bon me prouver que j'étais un homme puisque ma main suffisait à relever ma fierté, planqué entre les murs de la maison du maire et de Corinne baignée dans l'obscurité, la mélasse de haine, de manque d'amour, de sexe, de reconnaissance mélangés. J'en n'avais rien à faire, j'avais simplement à solder les comptes avant de vous rejoindre, me plonger dans vos tissus chauds coutumiers des douleurs et des frissons saccagés.

Je m'y repris à plusieurs fois avant de me décider à y aller, à retourner dans la petite ville, me mettre dans la file d'attente de la station-service Leclerc, dans laquelle, par hasard - et je jure que ce fut un hasard - juste avant minuit, un borgne laid cassait des noix dans sa voiture, me fixant paniqué comme un écureuil craintif. C'est alors que je la vis, Corinne, cette vieille salope qui s'était offerte à mon père avec le consentement de son ami, celui qui devint le maire et son haleine de vin à la confiture. Elle avait la paupière lourde et le menton calé dans le creux de son cou.

Il faisait ce qu'il pouvait pour me persuader de relâcher l'otage. Ce type devait avoir des enfants, une femme, des factures, des émissions de télé préférées. Il faisait sûrement du sport et il souffrait moins de névroses que la moyenne. J'imaginais. Il avait été dépêché sur ma demande. Je ne voulais pas un flic comme négociateur mais ce mec, le spécialiste des Serial Killers, le grand maître en la matière. On dira... ce que l'on veut, il faut admettre que les « experts » étaient les nouveaux « étripeurs » de volailles à l'instar de ces prêtres romains qui lisaient les victoires et les défaites dans les boyaux des bestioles. Hein, tiens. Viens. Je ne sais pas comment j'ai fait. Le gros commençait à agoniser dans la cave, mais ils n'en savaient rien, aveuglés par mes « si vous approchez, je tue monsieur le Maire! ». De fil en aiguille, de conversations tumultueuses en échanges murmurés, on en vint à convenir d'un deal: ce mec devait venir discuter avec moi, longuement, en tête à tête, dans le salon de la belle maison, et je garantissais ensuite la libération de leur bonhomme. J'avais réussi à leur faire croire que le maire vivait encore… Je le pensais.

Sa petite cravate noire sur une chemise noire, et son jean noir, ses mocassins noirs, sa veste en cuir noir. Il était assez menu, le regard souriant derrière des lunettes cerclées d'argent, le crâne dégarni et quelques cheveux blancs sur les côtés et l'arrière du crâne. Sa voix était douce, posée, mais ses mains gesticulaient, trahissaient une certaine anxiété. Je vis ses yeux jouer au radar dans la pièce durant quelques secondes.

« Le cherchez pas, il n'est pas là, vous le verrez pas tant que je ne serai pas sûr que vous êtes clean. »

 La condition était qu'il vienne seul, bien rasé, les mains nettes, sans crasse, une boîte de foie gras, un bon vin liquoreux, un cigare et des chips.

« Vous avez tout amené. C'est très bien.

- De quoi voulez-vous que l'on discute ?

- De ce que vous savez de moi, de mon au-fond, ils disent des tas de trucs dans les médias, et je vous ai entendu parler, dire des choses alors que vous ne m'avez jamais rencontré. Alors je veux qu'on parle et que vous racontiez tout à tout le monde ensuite. J'ai fait une promesse au monde, j'ai dit que je serais dans chacun des êtres vivants de ce monde. Vous serez mon médiateur, ma caisse de résonance... Quelque chose comme ça. »

J'avais aussi demandé à ce qu'ils me remettent le courant. J'écrivais en même temps sur l'ordinateur, directement dans les filets de la grande crapule mondiale, l'internet.

Me mâcher comme une bonne part d'entrecôte, juteux comme un fruit frais, délicieux, vivant entre les dents, les doigts dodus dans la coupelle de pistaches.

Sa façon de parler, cet air de mec équilibré qui avait tout vu, qui tentait de « sonder l'âme » humaine tout en copinant avec les forces de l'ordre. Et donc? Hein? Avait-il un goût différent des autres? Croyait-il que sa dégaine de bonbon rassurant, de petit maître d'école allait m'alanguir, me mettre le circonflexe dans le petit bateau? Mais qui il était ? Il continuait comme s'il était devant la caméra de ses copains ignares de la télé, ceux-là qui ne vivaient qu'au premier étage d'un immeuble de mille étages...

« Pourquoi cette prise d'otage ?

- C'n'est pas une prise d'otage. Faudrait vous sortir les doigts du cul. On n'est pas dans vos livres sur les Serial Killers là, on est sur la nacelle entre deux sous-sols, on est dans les tuyaux de la clim' de l'immeuble.

- Vous appelez ça comment alors ?

- Vous commencez déjà à me pomper. Là, y'a pas de gros cons en uniforme pour vous autoriser à me parler de travers. Là, y'a moi, mes yeux, mes mains, regardez mes mains, et vous, vos petits airs là de celui qui sait faire la cuisine, qui sait faire marcher une machine à laver, qui sait écrire des livres qui font peur, qui disent que les méchants même si on les comprend, il faut les dégommer avec des fils pleins d'électricité. C'est ça vous. Ici, vous baissez d'un ton, vous ne vous triturez pas le cerveau à essayer de comprendre. On est dans la nacelle entre les sous-sols, on ne tient que grâce à un bras d'acier, mon bras, ma fureur retenue. Ce n'est pas une prise d'otage, c'est une remise en place des meubles de la vie. Vous avez compris ? »

Quelques moucherons nous tournaient autour. Malgré les volets fermés, la lumière blafarde de cet après-midi d'hiver pénétrait dans la pièce, pliait nos paupières.

« ... et maintenant que les choses sont claires, allez-y, balancez vos questions comme si vous étiez dans le coton de vos commissariats, bien au chaud dans la gangue étatique... Ensuite nous irons voir le jeune marié, l'homme de toutes les situations.

- Vous avez travaillé pour le maire, non ?

- J'ai été son chien, mais j'étais en mission d'infiltration.

- Pour qui ?

179

- Pour les extraterrestres, les communistes, les israéliens, les francs-maçons et les couleuvres de Sibérie ?

- Sérieusement s'il vous plaît.

- En mission d'infiltration oui. Depuis ma naissance, depuis que mon corps a jailli de la bidoche chaude d'une femme, une sorte de vortex en forme d'être humain, de la maman, de la personne la plus anonyme qui soit dans ce monde... J'ai jailli, j'ai souffert, j'ai dû m'acclimater, accepter de grandir de nouveau, pour récupérer mon enveloppe charnelle initiale et remplir ma mission.

- Laquelle ?

- Scruter les traîtres, zozoter dans le cul des experts comme vous, et régler des comptes, remettre les choses en ordre... Bref. Ça m'a fait plaisir de vous parler. Vous pouvez aller dire à vos amis flics que je vais libérer le maire dans quinze minutes et que je me rendrai par la même occasion.

- Sans aucune contrepartie ?

- Si bien sûr. Celle d'avoir la vie sauve et d'être rapidement embarqué. Je suis épuisé par cette course folle. »

Il se leva, me salua et s'engagea vers la sortie. Je l'accompagnai jusqu'à ce qu'il saisisse la poignée de la porte. C'est alors que je lui plantai le couteau directement dans la nuque. Puis je le frappai de nouveau après avoir péniblement retiré la lame coincée dans ses cervicales. Je passe les détails, mais son corps de star médiatique du crime s'écroula en arrière, au ralenti, joli, le silence hurlant tout autour.

Je m'accroupis près de lui, pris ma tête entre les mains et je me décidai à pleurer, soulager tous ces nerfs, ces douleurs, ce bombardement d'images, ce brouillard mêlant passé, présent et futur. C'était terminé. J'avais écrit cette vie de A à Z.

« L'Humanité toute entière est un client », ainsi est le nouvel Humanisme.

« Que se passe-t-il dans ta main quand elle se tord comme ça, que les ongles s'enfoncent dans la paume, qu'elle ressemble à celle du petit là, la chose parfaite que tu as modelé pour qu'il devienne une arme. Tu ne m'appelleras plus, tu ne feras plus tes gargarismes de salive... Tu ne m'appelleras plus dans quelques instants quand j'aurai coupé le cordon ombilical de la vie: mon corps. »

J'ajoutai ces mots écrits sur un carré de papier à carreaux, que je déposai sur le rebord de la cheminée.

L'assaut aura lieu d'ici quelques minutes. Je me presse de vous écrire ces quelques mots sur les pages de mon blog, déversoir de mes fous intérieurs dans la grande âme qu'est Internet, le cerveau global.

N'y voyez rien de méchant. Ma franchise n'est pas faite pour choquer. Je suis désormais dans vous, dans quelques lieux de votre cerveau, installé dans vos souvenirs. C'est vous, et vous seuls qui me permettez la vie éternelle... vous, votre viande et ce plaisir pervers à vous reproduire... Vous me lisez parce que je suis cette âme errante qui coure à la vitesse du Diable dans le réseau, boosté à l'énergie, c'est votre existence au-delà de mon au-delà qui me préserve et m'offre l'éternité. Tout est prêt maintenant. Les crayons sont alignés, les feuilles de papier, sur lesquelles j'ai dessiné leurs visages, sont parfaitement empilées. J'ai pris soin de les scanner et de les intégrer à l'âme. Lorsque je cliquerai gauche, vous les connaîtrez comme s'il s'agissait des membres de votre famille, de votre cercle d'amis... Du moins je l'espère... jusqu'à ma prochaine visite. Chez vous.

Bibliographie exhaustive de l'auteur :

- *Seconde chance*, Nouvelle, Les éditions la matière noire, collection « The dark matters », 2013
- *Les Derniers Cow-Boys français*, roman, Paris, Éditions Pimientos, collection « Pylône », 2008
- *Un noir désir, Bertrand Cantat*, biographie critique, Paris, Éditions Scali, 2008
- Réédition : *Noir Désir, le vent les portera*, biographie critique, Paris, Éditions Pimientos, collection « Pylône », 2009
- *La Mort dans Marcelle, ma mère*, nouvelle, in Id. et al., Le Livre noir de ta mère, Montréal, Éditions de Ta Mère, 2009
- *Manu Chao, le clandestino*, biographie critique, Paris, Éditions Pimientos, collection « Pylône », 2009
- *Manu Chao, der clandestino*, biographie critique, traduite en allemand, Éditions Hannibal, 2010
- *Freak Wave n°2*, revue subversive et misanthrope, collectif, Éditions du Zarpataedo, 2011
- *25 minitrips en wagon-lit décapotable*, livre collectif de 25 nouvelles, Bruxelles, Éditions Renaissance du Livre, collection « Grand Miroir », 2011
- *Freak Wave n°3*, revue subversive et misanthrope, collectif (avec Jean-Louis Costes, Anne van der Linden, Vincent Ravalec, Christophe Siébert, Jérôme-David Suzat-Plessy, etc.), Éditions Bruit Blanc, 2012
- *Freak Wave n°4*, revue subversive et misanthrope, collectif (avec Jean-Louis Costes, Anne van der Linden,

Vincent Ravalec, Jérôme-David Suzat-Plessy, etc.), Éditions Bruit Blanc, 2013

- *Freak Wave n°5*, revue subversive et misanthrope, collectif
- *Du Chômage*, récit-fiction, Collection « Les sur-intégrales d'Andy Vérol », Éditions L'Ivre-Book, décembre 2013
- Chronique de la mort au bout, Roman, éditions fictives Burn-Out, 2015
- Robert de Niro n'est plus un héros, pseudobiographie, éditions fictives Burn-Out, 2017
- Manifeste de l'Acharniste, pamphlet politico-onirique, éditions fictives Burn-Out, 2017
- L'inconnu qui pissait dans l'ascenseur, chroniques fictions, éditions fictives Burn-Out, 2017

Site de l'auteur :

https://leonel-houssam.blogspot.com

Photo de couverture :

© Dysto-Photographie (Retrouvez cet artiste sur Instagram et Facebook)